C O N T E N T S

目 录

甩啦，甩啦，甩了他
——男人说给女人听

Part I

接受吧，
他其实没那么喜欢你

*He's just **not** that into **you**

葛瑞哥的开场白

（男人说）

> ——听我的，因为我是男人，情场滚打洗心革面的男人。男人真正喜欢你的话……

我坐在《欲望都市》的编剧室里，正回味自己的好运气，忽然各位女编剧谈起了正在交往的男人。这很常见，我们的电视剧就专门探讨感情世界，讨论这些自然在所难免。我听得津津有味。

"葛瑞哥，你也是男人。"某位小姐开口说，"我最近在跟某个人交往……呃，起码我觉得是。"我已

经知道她的意思了。

"是这样的，我们去看了场电影，气氛很融洽。他是没牵我的手啦，不过没关系，我也不喜欢手牵手。"原来如此。

"后来他在停车场吻了我，我就问他要不要到我家里坐坐，他却说明天早晨得开个重要的会，不能过来。"哎哟，这还用你说，我早就猜到了。所以我问："他有再联系你吗？"

"呃，问题就在这里。已经一个礼拜了。"

这下子连你自己也该明白了吧——

"今天他来了封伊妹儿，内容大致是说我怎么没有跟他联系。"

我瞪着她好一会儿，答案从我的两个眼珠子里直往外进。

这位小姐美丽动人，才华洋溢，聪明得不得了，是一部得奖电视剧的编剧，而且这电视剧还以对男人观察入微而名震江湖。别人眼中超级优秀的女性却对一个我看来再清楚不过的问题感到困惑。其实，说困惑是错了，她太聪明了，不会困惑。她是满心希望，不是满心困惑。但她的情况是完全没有希望，所以我就直截了当地说：

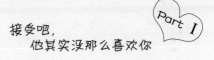

"他其实没那么喜欢你。"

这可是天大的好消息，因为所托非人根本就是在浪费时间。等你放下这段感情，找到了真正的 **Mr. Right**，相信我，你会巴不得自己没把那么宝贵的时间浪费在忘记打电话的张三李四身上。

没错，我不是医生，真的假的都不是，但我是感情专家。你们应该听我的，就因为一件事：我是男人——一个在情场打滚过而且愿意洗心革面的男人。因为我是男人，所以我知道男人如何思考、如何感觉、如何行动，我也有责任告诉你们男人葫芦里究竟装的什么药。坦白说，我已经受不了再看见好女人陷进狗屁不如的感情里了。

男人真正喜欢你的话，他会让你知道。他会打电话，会出现在你面前，会想见你的朋友，他的一双眼两只手会粘着你不放，等到上床的时机成熟，不用人提醒他就会急着脱衣服。就算他是在"洞四洞洞"（也就是半夜四点，小姐们）接任美国总统，他都会冲到你面前。

男人其实一点也不复杂，只不过我们喜欢让你们这么想罢了，所以我们常说："什么？喔，没有，我在认真听。"悲哀的是（也是最尴尬的），我们宁愿一

只手臂伸出公车外折断也不愿开门见山地告诉你说：
"你不是我的真命天女。"我们很确定你会宰了我们，
要不就宰了自己，要不两个一起来。甚至更糟，你会
又哭又闹大吼大叫。我们男人是窝囊废，即使我们不
说出口，只用行动来表明，事实仍然不能改变。要是
某个帅哥说会打电话给你，却一直没打；要是某个帅
哥没有清楚表示你们是在约会，那么答案其实就已经
写在你面前了。别再为他找借口了，人家的一举一动
已经把真相大声地说出来了：他其实没那么喜欢你。

忠言逆耳？好吧，那就说点你爱听的：

别白白糟蹋好东西！你很够格儿套牢个真正的白
马王子。

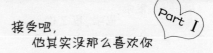
女同事的旁白

（女人听）

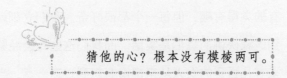

猜他的心？根本没有模棱两可。

　　我们都在《欲望都市》的编剧室里讨论、想点子，个人的爱情生活和剧中人物的爱情生活纠缠不清。就跟平常一样，某位女同事谈起她喜欢的某个男人，要求大家提供意见。他一直给她暧昧的讯息，把她给搅糊涂了。我们都很乐意帮忙，热心地分辨他传达出的信号。分析辩论了一阵子之后，我们达成了惊人的一致：我们的女同事那么迷人，一定把他吓倒了。他从来就没见过像她这么好的女人，胆子变小

了，所以我们的女同事应该多给他些时间。这一天，在座的还有一位男顾问，他一周只来两天，给我们的剧情发展一点建议，另外还倡言高论纯粹的男性观点，他就是葛瑞哥·贝伦特。这一天，葛瑞哥·贝伦特仔细听了这位女同事的故事，听了我们的反应，然后对我们这位有疑问的女同事说："听起来倒像是他没那么喜欢你。"

我们大家有的震惊，有的心寒，有的感觉恐怖，有的觉得有趣，但每一个都很好奇。我们立刻就察觉到这家伙讲的恐怕是实话。而我们这些约会经验加起来有几百年的女人从来都没有想到过这一点，当然更没想过要大声地说出来。"那好吧，他的话也不无道理。"我们不情不愿地同意。

葛瑞哥那个无所不知的如来佛静静聆听每一个含糊不清的故事。我们帮那些男人找了各种借口，从食指断掉到不幸童年，包罗万象，无奇不有。到头来都给葛瑞哥的银子弹一一撂倒。费了好一番功夫之后，葛瑞哥逼我们认清楚，如果某个家伙（神志清楚的家伙）真喜欢你，就算十辆大卡车都拉他不住。如果他的神志不清楚，那你干吗要个疯子？他还有一番大道理呢：他可是有多年经验的情场高手，当过浪子，也当过乖宝宝，最后终于爱上了一位美妙无比的可人儿，把她娶进了家门。

会议室内人人立时顿悟。这些年来我们老在抱怨男人，抱怨他们的模棱两可，这下终于明白了。根本就没有模棱两可，事实只有一个，那就是他们根本没那么喜欢我们。

我们都是这样的：跟某个男人出去，对他愈来愈迷恋，然后他们就会做出一大堆让我们失望的事情。几周甚至几个月下来，我们落入了捏造借口的模式，因为我们怎么也不愿相信我们迷恋的男人很快像煮熟的鸭子一样飞了。我们尽量去解释说明他们的表现，什么解释都好，多荒谬都没关系，只要不是那句实话"他其实没那么喜欢你"就好。

赶快停止自作多情吧。万一你交往的对象似乎并不是真喜欢你，或是你觉得需要"猜他的心"，那就请务必参考这句话：他其实没那么喜欢你。然后慧剑斩情丝，去找一个真正喜欢你的人。

Chapter One

我们患上了罗曼史美化症

　　他其实没那么喜欢你，问题在于，你没法承认。那太令人伤心了。反正你绝对不可以永远做他的情奴。那么，接受改变。摆脱"罗曼史美化症"的第一步，你必须停止修改那些令人疯狂的、荒谬的事实。

　　假设此刻我正跳上跳下，朝天挥拳地发表演说；假设我现在跪在地上想求你；假设我正大声说"如果在这本书里你只愿意相信一句话，那就请相信这句吧：只要跟男人打交道，务必把他当作一般男人，而不是你心目中的好男人"。我知道你看了可能生气，而且还相当生气——不过我确实认识你们正在交往的人，他们是同一路货色：为生活所累，疲于奔命，巴

猜他的心？没有模棱
两可。各走各路吧。

不得赶紧翻身，离开他的烂工作，他的糟糠之妻，他同甘共苦的女友。我知道，这太复杂，太浑蛋，太可恶，很遗憾，都是如假包换的事实。

你总相信你遇见的人既诚实又亲切，随时把你的福祉放在心上。万一看见第一个恶行恶状的征兆出现，你总会希望事情没你想像的那么坏，你不想反应过度，把别人的错怪到他头上。因此你总是无限度地帮他寻找借口，对自己的行为举止充满了负罪感。他正把你变得越来越不性感，你还没发觉，你是多么沉迷于制造完美情节。也许下一刻反观这一切，你就会恨不得从来没认识那个人，从来就没有发生过那样的事。

就从此刻起，立下重誓，凡是有关你未来的浪漫史，就不容有暧昧的空间，不容有灰色的地带，不容有无法辨识的关系，不容有说不出口的事情。只要有可能，尽量在跟某人赤裸相对以前弄清楚他是怎样的一个人。不能那么轻易就以身相许了。

美女们，别让对爱情的渴望蒙蔽了理智，这跟干掉一大杯威士忌的宿醉还不一样。没有鱼，虾也不见得好。

走上绝境

他还是不遵守诺言

亲爱的葛瑞哥：

　　我们不是特别有钱，但还是认真地买了房子打算结婚。我以为他笃定就是陪我终老的那个人。可上个月他参加公司总部的培训，和一个女同事搭上了。他做得很隐蔽，我没有察觉到任何异样，还是那个女人不小心在半夜时分把调情的电话打到我手机上。我当时就对男朋友开火了。他矢口否认是出轨，说只是朋友间的玩笑，承诺绝无下次，以后要对我更好。事实证明，他半点儿也没有遵守诺言。每每想到这些，我心里就发黑。现在我们闹得更僵了。我总信不过他说的话，到处向他朋友打听他的行踪。上周，我一看见他就忍不住上去打了他一个嘴巴。他走了，我却痛哭流涕，还拿刀割伤了自己。我把自己逼上了绝境，也把他逼到无路可退了。葛瑞哥，我该怎么办？我还是舍不掉和他曾有的感情。

克鲁兹

接受吧，
　　他其实没那么喜欢你

亲爱的"走上绝境"：

　　啊，绝境女孩，我似乎只看见了你惟一的出路。永远不要再回头，忘掉那个口是心非，花花肠子多多，还有弯弯绕的混球儿吧。他配不上你这么一心一意又纯洁的女孩子，别为他误了青春，又误了终生。停止打电话去追问他的消息，你这样做，只能适得其反，只能让他感觉到劈腿的刺激，还有与你做对的快感。为什么当别人伤害了你，你还要加倍伤害自己。放下你手中的刀片，或者用它去割断那些该死的甜蜜回忆。他本来就是那么不堪，只是没有机会表现出来，你应该庆幸没有对这样的人说"I DO"，那样的话，连上帝都会皱眉头。

　　不用再去打他的脸，你就是拧断他的脖子，断了他的生路，也还是挽不回他的爱了。擦干眼泪，再到下一个路口去等上帝为你准备好的良人吧。

朦胧的加料的回忆

他还是想念我

亲爱的葛瑞哥：

事情就是这样。我跟男友交往两年，同居一年了。后来我们开始吵架，不管什么都吵。三个星期前他提出要跟我分手，我们不能继续同床共枕了。我搬了出来，一想想感情到了这步田地就要抓狂，非常痛苦。结果他却不断打电话给我。他说他想聊天，问到我的朋友，还想知道我家人好不好。他渴望了解我生活中的小细节，就像以前一样。我的朋友都劝我别再跟他讲话，可我觉得他想念我，而且我喜欢他想念我，再说，我还是很爱他，我也很想他。只要不跟他断了联系，他就会时时刻刻想到我有多好，最终就会明白我们应该重归于好。而那正是我希望看见的结局。你的看法如何？

布兰达

亲爱的 "朦胧的加料的回忆"：

　　你的那个他可真贴心，还不忘追踪你生活上的点点滴滴。谁不需要有个电话聊天的朋友，尤其是你换了新电话，又换了新公寓，那有多新鲜。别忙着接他的电话，也别忙着异想天开，先听我说，小姐，想要恋爱成功的男人为保住心爱的女人愿意上天入地，赴汤蹈火。如果他打电话来不是告诉你他爱你，要你回去，应该只有一个理由，那就是他要亲自跑到你的住处跟你示爱。如果他不用约会、鲜花、诗歌来打动你浪漫而悲伤的心，那也应该只有一个理由，就是他正忙着研究小两口复合手册，正在分辨事情的轻重缓急，努力回到正轨上。要是两者他都不做，只是打听你的消息，你朋友的消息，家人的消息，那不能说明什么。他或许还喜欢你，想念你，但终究没那么爱你。别再接他的电话了，让他切切实实去体验没有你的滋味吧。

　　别以为他想念你，你就乐得往自己脸上贴金。他本来就该想念你，你绝对值得他想念。可是，想念归想念，他还是那个刚跟你分手的家伙，完全没变。记住，他想念你的理由只有一个，那就是，他不想每天跟你在一起，不想和你厮守终生。

很隐秘

他太太是个地道的恶婆娘

亲爱的葛瑞哥：

实话说吧，我在和自己的老板约会，他已经结婚了，我们很隐秘，以免被人发现。我真的真的很爱他，他也爱我。我知道不该和有妇之夫来往，可爱情是忍不住的啊，再说他太太是个地地道道的恶婆娘。她用三字经骂他，说他笨得跟猪一样。他们完全没有性生活，那还有什么意思。他跟我说，我是让他活下去的惟一理由。看他吃那么多苦，我怎么忍心离开他，我是他的希望啊，而且我真的很爱他。

伊丽莎白·泰勒

亲爱的"很隐秘"：

不是吧？我们真的在谈这种事？然后我跟你解释为什么不该和有妇之夫交往，尤其是你的上司？令人难以置信。不过我还是说说你老板的隐秘之处吧。他结婚了，又搞外遇，这可让我看出了不少东西。首

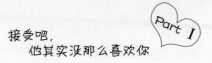

先，他不觉得没有诚信有什么大碍。（不错。）其次，他欺骗太太也不觉不妥。（厉害。）第三，他完全不重视自己的婚姻。（哇，挖到宝了。）第四点是特别针对你说的，他对你也并不真正重视，因为你从他那里得到的不过是残羹冷炙——偷来的时间，还给你披上羞愧的外衣，而你却以为是玫瑰色的。刚好跟你小时候的梦想一样吧？

　　要命的是，你们属于职场外遇，一旦感情变质或是东窗事发危及他的事业婚姻，你想被炒鱿鱼的人会是谁？就是你。你以为谁的声誉会因此受损？猜到是你自己了吗？聪明女孩。无论他的婚姻有多不和谐，无论他太太有多泼辣，显然都没有差到不可收拾的地步，否则他早就离婚了。健康的感情不该是偷偷摸摸的。去给自己找个可以大声宣扬的情人吧，让全世界都知道。

　　我知道假如你的外遇对象是家有恶妻的男人，整天对着他尖叫辱骂，你的良心会比较过得去。但是无论他们的关系有多糟，你都是在帮着男人欺骗他的妻子。你不至于做帮凶吧？那可是害人又害己。

一大家子

都怪他家教不好

亲爱的葛瑞哥：

　　我和现在的男友认识一年了，他在各方面都够得上完美。可惜的是，他偏偏在一个问题家庭长大，有一个兄弟跟一个疯子母亲。像我的大家庭，气氛融洽，家人彼此非常亲密。他却不喜欢跟我家人相处。就算有时间，他宁愿待在自己家里，也不去探望我的家人。如果我带他回家吃饭，他就摆张臭脸。我们谈过这件事，他说他就是不喜欢一大家子。我实在很难想像怎么跟这种人一起搞好家庭关系。可是话说回来，爱情不是一大家子的爱情，是要我们两人相处得好才算数，对不对？我想他迟早会习惯这一切，然后就能享受大家庭的乐趣了，你说呢？我的家人真的都不错，对他也还可以啦。

简·方达

接受吧，
　　他其实没那么喜欢你

亲爱的"一大家子"：

你的男朋友很完美，只有一点例外，就是不喜欢你家人。哇，这一点例外还真不是一小点呢。当然，如果他自私自利就会找各种借口来搪塞你，其实就是这么回事。很多人都不会把跟对方家人相处列入十大最喜爱的活动，但你不就是希望将来有一天他跟你们成为一家人吗？要是在古时候，我不确定有多古，反正你明白我的意思，他还得要经过你家人的许可才有认识你的福气呢。所以千万别为了这个帅哥就出卖了你的家人。他要真喜欢你，真打算跟你在一起，就会在每次见到你家人的时候手舞足蹈百般殷勤——搞不好还烤个蛋糕送他们呢。

他不用喜欢你收藏的 CD，不用喜欢你的鞋。但只要是成熟的好男人就应该尽量去喜欢你的亲戚朋友——尤其得去喜欢你很棒的亲戚朋友。

公事伟大

如果不是他的过错呢

亲爱的葛瑞哥：

　　从前，因为工作关系我经常和这个真不错的家伙出去办事儿。一开始，我们经常相互开开玩笑，打打闹闹，但是后来，他很认真地约我出去，很快我们陷入了热恋。因为是同事，我们没有将恋情公开。我觉得这样没什么不好的。结果怎么着，有一天，因为我们老板不知道我们的真实关系，他让我男朋友和一个客户的女儿共进晚餐，并希望我男朋友和那女孩开始约会，这样的话，就能够保证公司的一笔大买卖顺利进行。长话短说，为了工作需要，我男朋友开始和那个女孩约会了。然后，他告诉我，他开始无法分辨对我和那个女孩的感情，不知道更爱谁一点，并希望我们能分开一段时间。我该怎么办呢？

　　　　　　　　　　　　　　　　　　　菲比

亲爱的"公事伟大"：

　　嘿，为什么你不建议他每次约会时，给你披上一件床单？他真是选了一个很不错的方式在说"我爱你"。说实话，我为你感到羞耻。也许，从你老板的角度说，他算得上是个很不错的人，但从你的角度而言，他却是个不像话的人。睁大眼睛看清现实，他并不一定非得同那个客户的女儿约会才行。如果他真的不错，如果他真的在乎你，他会告诉老板，他已经有女朋友了，当然他没必要一定告诉老板他的女朋友是你。让我们重新对"真不错"这个词下定义吧！真不错的人是能够和你光明正大地约会的人；真不错的人是不会只将你藏在办公室，而不敢公布于众；真不错的人，不会已经有女朋友了还和别的女人约会。当然还有，真不错的人是不会听任老板来左右他的爱情。如果我是你，我不会将"真不错"这个词用在一个不怎么样的花心男身上。

21

只有跳舞

他怕再受伤害

亲爱的葛瑞哥：

十年前他是我男友，最近又在街上巧遇。这么多年没见，我们又开始"约会"了，不过事情不太明朗。他没吻我，也没要挑逗我的意思。可是，葛瑞哥，我们去跳萨尔萨舞了。我们很带劲地在外面逛，一家酒吧接一家酒吧，一直逗留到很晚，谈天跳舞大笑、打情骂俏。他一直说我的样子有多好看，再见我有多好。有天晚上，他甚至还说他爱我，希望他的生命里能一直有我。可他似乎又没下定决心和我破镜重圆。朋友们都说他只是害怕又一次受伤害，我应该牢牢抓住他。他的确很棒，但确实是因为害怕再受伤害才让情况这么混沌不明吗？事情到底是不是这样子？

碧昂丝

嗨，"只有跳舞"：

我承认我是花花公子，所以如果我喜欢你，我会吻你，接着我会满脑子都是你穿着内衣又去掉内衣的模样。我是男人，只会按照男人本色行动。没有如果，没有而且，也绝对没有但是，把它们统统判死刑吧。他在害怕吗？他在害怕没错，不过他是怕你知道他没那么爱你，怕伤你的心。所以他才不澄清你们究竟是什么关系。他甚至是在拖时间，希望自己能渐渐对你有更深的感情。我看希望渺茫啊。等到这位大帅哥告诉你他爱你，希望你们永远都不要断了音讯，他八成是在帮你签毕业纪念册。他爱你，但只限朋友之爱。如果是男女之爱，他会想跟你来一段浪漫史，无论他有多害怕，无论他有过多么可怕的经验，他都管不住自己。他会不顾一切去握你的手，拥抱你，然后把你娶回家。听我的，别继续自作多情了，多情总被无情伤，马上整装出发吧！去找一个不辜负你，惟恐你爱他不够多，和你一起跳萨尔萨舞的人。

男人不想让友谊"更进一步"有很多理由，但究竟是什么理由，听起来有没有道理都不重要。重要的是每次他想像跟你更亲昵的画面，相信我，我们男人真的会想这种事情，他就会停下来，自言自语："不行。"这是鬼把门，所以千万别再浪费时间去伤脑筋了，"算他没福气"。

甩啦，甩啦，甩了他
——男人说给女人听

赚钱养家

他只是一时迷失

亲爱的葛瑞哥：

我的男朋友已经两年没有工作了。说起来他既体贴又可爱，只可惜不知道自己的生活目标。偶尔情绪来了，他会出去当DJ，但大部分时间都是我在养他，因为我自己有份稳定的工作，家里也会补贴我一些。我能感觉到他真的喜欢我，他只是需要时间来想清楚以后该怎样生活，对不对？也许他只是低潮，而且这个低潮期还有点长。

茉莉

亲爱的"赚钱养家"：

钱多多、心好好小姐，我不懂，你是说你每天早晨都把给他的钱放在梳妆台上，还是付钱让他做家务？听着，乐意赚钱养家小姐，他或许很喜欢你，不过他似乎不怎么在乎他自己，否则他就不会让你养他两年，对一个男人而言，那相当没面子。

24

靠你吃饭其实跟没那么喜欢你一模一样。真正喜欢你也在乎自己的男人会尽快振作起来，也就是说他会去赚钱。还有请记住，你男友这类男人在生活步入正轨之后往往自我感觉非常好，好到觉得该再换一段新感情。换个角度想想看，哪个有格调的女人愿意让他这种垃圾寄生那么久呢。所以我说就让他自己去找路吧，只要不再花你的钱就好。到那时候，你再看DJ先生是不是会转来转去又转回你的生活吧。

　　每个人都会有不顺的时候，但是日子再怎么难，也得要想法子过下去。好比说你在酒吧欠了一屁股债，你就得要想法子赚钱还债，总不能挖东墙补西墙，最后弄到债台高筑，愈陷愈深。所以你不需要为别人负责，你需要担心的只有一件事，就是别让某人吃软饭，拿着你辛苦赚来的薪水和你家里的钱舒舒服服地过日子。

正常人

也许是我们行事风格不同

亲爱的葛瑞哥:

我和男友同居,他这人不喜欢讲电话,所以每次出门都不曾打电话回来——连打给我报平安的都没有。他就是不打电话,谁也拿他没办法。他时常到外地出差,我们为这事也不知吵了多少回。有时我觉得不过是两人的行事风格不同,我得学着妥协;可我又想,要是喜欢什么人,当然会想他不在身边的时候打电话跟他聊天。

我这样很婆婆妈妈吗?不正常吗?

安妮斯顿

亲爱的"正常人":

除非你约会的对象是间谍,否则他的行为完全没有道理。

我也因为工作关系经常在外奔波,可我每天都会打三四通电话给我太太,当然有时会不联系,那是因

不是什么人都可以依靠。我们的口号是：宁缺勿滥。没有鱼，虾也不见得好。

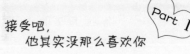

为时差，但我会留言，她也会。我得承认，身为男人我也不喜欢听人家唠叨要记得打电话，不过我太太从来都不在这件事上唠叨，所以我才尽可能抽空打给她。我们没有订下打电话的规矩，但我们彼此相爱的程度让我们就算不能每小时都通话，起码也想每天都听听对方的声音。

　　听着，我觉得男女之间保持一点距离其实挺好的，想念对方是很好的征兆，但不尊重你的需要，出门时不跟你联系却不是好兆头。就算他再怎么不爱讲电话，为了让你开心，让你放心也应该打电话给你，就算为了尊重你，体贴你，他也应该打电话。

　　没错，电话不过是个机器，利用电缆传送声波，而且种类繁多，有无线电话、行动手机、手持式电话、转盘式电话。但坦白说，电话在感情象征图表上已经冲上了新高。一通电话就是纯粹的一通电话？抑或是他有多在乎你的表征？或许是介于两者之间。好男人会知道这一点，也会因此而利用这个便捷的通讯设备。伊妹儿则又是另一回事。

受虐狂

关上门的表现才算数

亲爱的葛瑞哥：

我必须承认，我很爱我的男朋友。我们吃在一起，住在一起。

他对我很好，带我去度假，不计资费，还送给我可爱又体贴的礼物。跟他在一起我觉得很有安全感，可是我的朋友们却不怎么喜欢他，不过是因为我们一起出去时他总拿我取笑。

他会嘲笑我没有上过常春藤联盟的大学，要是我说话文法出了错，或是资讯错误，他很喜欢指正我。他还喜欢当着众人的面跟我唱反调儿，大惊小怪地嫌我连该知道的事都不知道。

我不在乎他拿我开涮，他之所以那么做不过是因为他缺乏安全感。不然为什么我们两个独处的时候他就不会那样。

我发誓他确实不是为了让我下不来台。

所以我干吗要耿耿于怀？私底下他待我好不好才

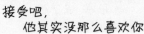

算数，对不对？

　　　　　　　　莫比

亲爱的"受虐狂"：

　　要是你有偏爱坏东西的喜好，他倒真是完美无缺。你怎么还会袒护这种人？他故意贬低你来显示他自己的优越感。尤其还当着你朋友的面！哪一所常春藤联盟大学专授当众羞辱别人这门课？这家伙就特别热衷于这种玩意儿。如果他以为当着朋友的面让你难堪他脸上有光，我看你还是离他远点儿。他是嘲弄了你，但这只能让别人发觉他其实更没水平。而他私底下对你好，你又有什么好高兴的？听起来他也不过是在寻找更多的话柄，等到了大庭广众面前，好再有机会羞辱你罢了。

　　把这个自以为聪明的痞子甩了，赶快去补学一门课，好知道谁才是"朋友面前上得了台面的男人"，免得他让你在朋友面前颜面尽失。

绿洲之夜

我要等等看

亲爱的葛瑞哥：

我正式跟某人交往了，他是那种挺特别的男人，很风趣很贴心，就像一股清新的空气。他说打电话就会打电话，开车跑老远一段路来接我出去，我们在一起有过一段非常愉快的时光。惟一让人伤神的问题是，他和太太离婚，正在打官司争孩子的监护权。而且他开口闭口都是这件事。真的，就连我求他不要再讲了他都还是不住口地讲，说他有多恨他太太，她有多会骗人，他打算怎么样"杀杀她的气焰"。我知道这场官司让他很不好过，但我不想因为时机不对就跟他吹了。那我该怎么办，是不是应该体谅他的做法？

斯万利

亲爱的"绿洲之夜"：

哇，他就是这么特别，他既然风趣贴心又像一股清新的空气，却怎么也没办法闭上嘴不去吐苦水不去谈他前妻啊。嗯，你可算是逮着好情人了。大小姐，说真的，我很抱歉最近老听到这种消息。想找个妥妥当当的人居然那么难，害得你们自贬身价，把那些会按时拨电话的、会驾车来接你们的统统都当成了宝贝。实在很悲哀，可我也不知该怎么办。至于你，恐怕你能占据他心灵的几率不是那么高，起码在他的小脑袋里除了愤怒什么也装不下的时候，你是不会有什么机会了。我最后的结论是这样的，你似乎没有多少好的理由让自己呆呆坐着，看他表演那出叫做"我要宰了我老婆"的独角戏。要是他想你，大可让他等到脑筋比较清醒之后再打电话给你。与此同时，你还有很多更好的事情可做，买张票去看场更高级的戏剧表演不错，拉上女朋友去买双心仪已久的鞋也不错。

还是那句老话，感情的事要"等等看"就不会是好消息。

他绝对不是什么蓝筹股票。他是个大活人，理应有感情能够跟你谈话、见你的面，或许还疯狂爱上你。而那个滚烫的爱字，才该是他跟你约会的理由。即使你脾气好，要求也不是那么高，他起码还应该有顾及同伴的礼貌。

大停电茱蒂

碰巧他忘了

亲爱的葛瑞哥：

嗨，葛瑞哥，仔细听听我的故事吧。

那天开会，我遇见公司另一个部门的家伙。当时我们就看对了眼。我发誓，他正想开口问我要电话号码，可不巧就发生了二〇〇三年最倒霉的大停电。混乱之中，他没来得及问，我也忘了把号码给他。

既然都是停电惹的祸，又不是他成心的，何必计较呢！那我就应该先打电话给他，你看呢？问候一下也是应有的礼貌嘛，对不对？若是我不打电话过去，八成他会很难过，以为我没那么喜欢他。那样的话反倒是我错了。

茱蒂

亲爱的"大停电茱蒂"：

亲爱的，别发飙。

停电的是发电厂，他的脑袋可没停电。既然你们是同一家公司的员工，那他当然不费吹灰之力就能从公司执勤表或内部伊妹儿地址上找到你。

就算他没你这么懂得随机应变……他要是真动了心，就该想想办法啊。我猜他也有母亲、姐妹、女性朋友，她们应该给他指点迷津才对。

P.S.：真替你难为情啊，居然还得用东岸大停电这种借口打电话给男人。

对自己有点信心。你已经给他留下了印象，先耐着性子等等。

要是他喜欢你，就算发生了海啸、洪水，就算红袜队输了，他还是会记得你。要是他忘了，那根本就不值得你浪费时间。知道为什么吗？因为你真不错。不过听了也别太跩啊。

● TIPS：你应该学会的，默念于心吧

▼ 别按捺不住就开口约他出去。他要是喜欢你，自己会开口。

▼ 别人判断失误与你无关，你惟一该操心的是你自己。

▼ 没什么好困惑的——他不见了，他配不上你。

▼ 你不是可以让人轻易忘记的。等他准备好了，让他来找你。

▼ 暧昧不清？那可不行。

▼ 他不打电话是因为没把你放在心上。

▼ 男人不会忘记他们有多喜欢你，所以把电话放下，等他们打过来。

▼ 不和有妇之夫约会。

▼ 别当第三者。

Chapter Two

男人的借口

　　他们当然会说自己很忙，会说他们忙昏了头，连拿起电话的时间都没有。拜托，根本是一派胡言。现在手机功能那么先进，快速拨号方便得不得了，根本就不可能会没时间打电话给你。有时候我只要把手伸进长裤口袋里，就会不小心碰到按键，拨通了朋友的电话。男人可能会想办法误导你。其实，我们跟你们女人都一样，也想偷得浮生半日闲，跟喜欢的人聊聊天。摆龙门阵可以让我们开心，而且我们喜欢开开心心的，就跟你们女人一样。要是我真的喜欢你，你就会是一盏明灯，照亮了我忙碌庸俗的日子，那我当然不可能忙到不能给你打电话。真相是，他们不可能没

时间关注他们哈死的女人。言外之意，你听懂了吧。

我们剧组某位演员某次到一艘航空母舰登台，遇上了一个女孩儿，不到十分钟他就失去了伊人的芳踪。可是因为深陷爱河，他还是想办法在军队里找到了她，现在他们已经结婚了。

忙碌这个借口根本是一堆废话，而且绝大多数时候都是痞子最爱用的借口。"忙碌"，是男女感情里的大规模杀伤性武器，听起来理由挺正常的，追根究底不过是一个根本懒得打电话的人随口编的幌子。切记，男人想要什么的话，绝对不会忙到没有时间。

很遗憾，我不能随时随地陪着各位美女，帮大家挑出所有差劲的借口，因此坏男人就趁虚而入。不过，我要让你知道，跟真正喜欢你的男人在一起，你绝对不会发狂似的盯着电话，一心盼着电话铃响；不会每隔十五秒钟就打电话检查语音信箱，活生生毁了和朋友共聚的夜晚；不会痛恨自己，在不该打电话的时候打给了他。而你只会忙着让人疼、被人宠。

一个满嘴借口的男人，他再怎么迷人，也不过是个害我们伤心的负心汉。

做主狂

可是他给了我电话

亲爱的葛瑞哥：

这周我在酒吧遇见一个看起来挺可爱的家伙，他似乎对我有意思。他给了我电话，要我有空打电话给他。像他那样让我来做主，我觉得蛮酷的。

那我就可以顺水推舟打电话给他了，对吧？

比诺什

亲爱的"做主狂"：

不要高兴得太早啊，他是真的让你做主，还是把责任推给你？

想想清楚啊！

他其实是在玩魔术。乍看之下他让你做主，事实上是他在决定要不要跟你出去，甚至要不要回你的电话。如果你这么喜欢魔术，干吗不去跟魔术师大卫要电话，然后卷进报纸里，再把牛奶倒进去，吹口气把它给变不见？

"别忘了打电话给我"、"千万要写伊妹儿给我"、"记得跟乔伊说改天大伙一块儿聚聚",别中了他的计,他是让你来开口邀约。

男人想要你,就会自己开口,那你应该知道他们的把戏意味着什么了吧。我知道,这听起来很像陈词滥调。可是,只要男人喜欢女人,就会开口邀女人出去。

疯狂的长距离恋爱

他经常不在家

亲爱的葛瑞哥：

我最近跟一个很好的男人约会。他儒雅温和，感情丰富，用情专一。可是因为他工作调动，我们逐渐变成长距离恋爱。

"两情若是久长时，又岂在朝朝暮暮"，这我知道。可问题是每次他说会打电话给我，结果都没打。想起来，他打电话给我的次数真的不算多。等一个礼拜过去了，我会打电话给他，之后四五天他会打电话给我，可是每次电话一接通，只听他满口的"蜜糖"、"宝贝"、"我好想你"、"我们什么时候见面"，等等，别的就无话可说了。

他是没那么喜欢我吗？

还是说，我应该习惯他的方式，习惯这种长距离恋爱？

希尔斯

嗨，"疯狂的长距离恋爱"：

我不觉得距离有什么不对劲儿，惟一不对劲儿的倒是你跟现实之间的距离怎么会那么远？好吧，我这么说是毒了点，请原谅。你问我要证据？你自己才说过"他儒雅温和，感情丰富，用情专一"。可是，没隔几行，就成了"每次他说会打电话给我，结果都没打。其实，他打电话给我的次数真的不算多。"这样子你还说他感情丰富？用情专一？这样哪够格叫儒雅温和，我看根本就是尖锐刺耳的警钟当当当地敲响了："我没那么喜欢你。"你大概要问，那他为什么打电话来又满嘴甜言蜜语呢？这样说吧，男人都是懦夫，喜欢一拖再拖，一直拖到拖不下去了，才不得不把坏消息告诉你。记下这句话，喜欢你的男人会想跟你在一起，万一实在没办法赶到你身边，他也会一天打上五通电话。

别让"蜜糖"、"宝贝"那些甜言蜜语给愚弄了。甜言蜜语本来就是中听不中用的东西，比直说"我没那么喜欢你"要简单多了。切记，行动永远比"我这里信号儿不好"这类婉转修辞要有力得多。

元旦失约

他有太多心事了

亲爱的葛瑞哥：

　　我喜欢上一个人。跟他约会过几次，元旦那天的约会他迟到了。我打电话过去，他万分抱歉地说得出门一趟，他母亲出了点儿事。他完全忘了该提前打电话告诉我。我实在搞不懂。他母亲虽然生重病，却不是突发急病，再说他也不过是开车到康乃迪克，路途又不算远，打电话给我总来得及。葛瑞哥，我真的很喜欢他。拜托你跟我说可以看在他重病母亲的分上原谅他，跟我说我可以相信他，他还是很喜欢我。

凯瑟琳

亲爱的"元旦失约"：

　　眼前呢，有一个打着"重病母亲"幌子的差劲借口。不管怎么说，他其实是在告诉你，"你在我心里没多少分量。"否则的话，他会打电话表示不能跟你共度元旦，他有多遗憾。既然他有时间收拾行李上

路,当然也有足够的时间打电话给你,结果他却偏不打。你觉得他是"忘记",我的说法儿是"他偏不打"。如果你喜欢某个人,可能转个身把他给忘掉吗,尤其是在一年开始的头一天。弥天大谎。他的理由听起来似乎很充分,但我还是得告诉你,你的新年恐怕是由一大杯"他其实没那么喜欢你"的烈酒揭开序幕的。现在你该做的就是让宿醉过去,再去找一个不会忘记打电话给你的人。

这里的问题是,"某人忘了打电话跟我有没有关系?"我跟你说,"绝对有关系"。除非是天灾人祸,像是被救护车送进了医院,刚被老板炒鱿鱼,有人偷开走了他的法拉利(说笑的啦),否则他就不应该忘记打电话给你。如果是我喜欢你,就不会忘记你,打死也不会。爱过的人都知道,你不就是希望你喜欢的那个人可以忘记全天下的人,惟独不会忘记你吗?

来电等待

他只是有口无心

亲爱的葛瑞哥：

目前和我约会的这个家伙，有个怪毛病，总是会在说话最后加一句他会在某某时候打电话给我，像是"周末我会打电话"、"明天我打给你"，等等。我等到明天，他没打，等到周末，他还没打。有时我打电话过去，他正在接别的电话，他就会说："等一下我再打给你。"结果我又空等一场，他还是没有打。可他仍然每次都会加上这么一句话，也仍然是一次也没有兑现过。

我明知道他不会打来，还不由得有所期待。现在怎么办？我是该去推敲一下他的意思呢，还是干脆学会不去在意他说什么？

康纳利

亲爱的"来电等待"：

没错，你是该去推敲一下他的意思。没什么好费

43

解的,就一句话,"他其实没那么喜欢你"。说穿了很简单,大多数男人在约会结束或电话道别前都宁可说些你想听的话,也不会什么都不说。有些是说谎,有些是真心的。

我告诉你该如何分辨。如果他们说到做到,那就是真心的。

再多说一点,说要打电话就真的打电话,这是爱情和信任的第一块砖头。要是他连这么一块砖头都不敢放下来,那么,宝贝,你根本就别想要他砌出一栋爱的小屋来给你。外面可是寒风肆虐呢。

我们这群人是越来越懒散了,常说有口无心的话,常做了承诺又不去履行。"我再打给你","改天聚聚",说归说,其实心里明白不会去做。在人际互动股票交易上,我们的话几乎已经没了价值,而且股价还在持续下跌。因为现在我们也不指望别人会说话算话了;甚至连揭穿别人的谎言都还会尴尬。所以,跟你约会的人说一定打电话给你却没打,又算得了什么?

但爱情又不一样。你原本就该找一个言出必行的人约会才对。

没在听

我们有在约会

亲爱的葛瑞哥：

他算是我的什么人呢，不清楚，反正我们约会了三个月。而且我们每周都有四五个晚上在一块儿，还在社交场合出双入对。他说打电话保准就会打过来，也不会跟我讲电话无聊到睡过去。应该说我们在一起很愉快。

但最近他告诉我，他不打算当谁的男朋友，也没准备好要谈恋爱。我知道他没去找别的女人，那么除了他有点害怕"男朋友"这个封号，我挖空心思也想不到别的理由了。

葛瑞哥，我老是听大家说女人应该要看男人做什么，而不是听他说什么。既然他没有背叛我的行为，我是不是没必要胡乱担心，不必理会他说什么就好了？毕竟我们在一起这么久了，关键是，无论他嘴巴上怎么讲，实际上他是很喜欢我，对吧？

朱丽叶特

亲爱的"没在听"：

我担心自己没搞懂什么意思，特地到"恋爱字典"里找了"我不想当谁的男朋友"这一条，你猜怎么着？它的意思就是"我不想当你男朋友"。乖乖，出自一个每星期跟你耳鬓厮磨四五个晚上的男人之口，够受伤的。

真不错，好的"非男友"可以无拘无束出入你的世界，只是我不懂你想从中获得什么。要是你想把全部的时间都投注到一个声称不是你男朋友的家伙身上，那请便。不过我倒希望你起码找一个有责任感、有风度的男人，他不会当着你的面说"我没那么喜欢你"，不会令你伤心欲绝，颜面扫地。

男人就跟女人一样，在感情愈来愈认真的时候想独自完全地拥有对方，并要再三确认获得了这种安全感。他们的一个做法就是宣告所有权。他们会直接说"我是你的男朋友"或"我想当你男朋友"，或者更加直言不讳"等你跟那个不是你男朋友的家伙分手之后，我想当你男朋友"。真正喜欢你的男人会想要你完全属于他。所以，离那个花花太岁远点吧，他不配做你的另一半。

是的，太不现实了

为什么他不直接提出分手，而让我来提呢？

亲爱的葛瑞哥：

　　我认识他大概八个月了。最初，我们只是像朋友那样交往，后来开始约会。我们在彼此房子里同居，几乎没有一个晚上分开过。他甚至在他家里特意安排了属于我的抽屉，还有一把牙刷！但几星期前，他开始有些异常，还问我有没有觉得什么地方不对劲儿。我很茫然。他说，我们感情进展得比他预想的要快，虽然他有点不习惯，但还是感到高兴。他说他比原先更在乎我。我傻呵呵地以为，这真的很好啊！再后来，他又以太累为由，不来找我；要不就说早上需要很早起床，建议我别过去找他。所以，我们渐渐变成了一周只见三四次面。我感到很伤心很委屈，觉得他一定有事瞒着我。终于有一天，我趁他洗澡，偷看了他的电子邮件，发现他在和一个叫做 Tamilynn78 的女孩通信，从信件内容来看，他们已经约过会了。一怒之下，我便和他当面对质，他并不否认。我伤心欲绝，告诉

他我们完了，然后夺门而逃。我以为他会来找我，向我道歉，但他再也没有出现过。到底发生了什么呢？我多么想让他重新回到身边，想听他亲口说，是他伤害了我，他很后悔。我是不是太不现实了？

苏菲

亲爱的"太不现实了"：

首先你做得很对，偷看他的邮件，而不是和他长谈。看来，在他对你瞒天过海的同时，你正热烈地、充满信任和幸福地深入到他的世界。是啊，本来美好的事情，怎么会结束呢？我准备直说我的看法，不过也许你听了会很伤心。但是请理解，因为旁观者清。他其实两三个月前就想放弃你了，只不过是等你提出来。这是男人想和女人分手时惯有的特点，异常、被动、沉默、制造骗局，这习惯已经延续了数个世纪。他不想伤害你的感情，所以等有一天你主动提出来。我管这种行为叫"间接提出分手"，男人这样对付女人已经历时久远了。不仅如此，他还时常担心两个女人撞在一起，多卑鄙啊！你应该高兴地接受往后这段没人骚扰的时光，也许你还会继续痛苦一会儿，值得庆幸的是，你已向更好的将来出发了。

他说要打电话给我

亲爱的葛瑞哥：

在那个令人伤心欲绝的分手时刻，他说"保持联系，让我知道你过得好不好"。

也许他真的是个有情有义的人，即使我们分手了，他仍然还很在意我，关心我。这对我来说，算是一种安慰吧。

你认为，保持联系会不会比不联系更好？如果保持联系，他是不是更加想念我？

莫尼卡

亲爱的"保持联系"：

想想看，他要是说"我以后不会再和你见面了"，那样会让大家都很尴尬。如果他说，"嗨，我们以后别再联系了"或者"我以后不再想知道你的任何消息"，那他的脑子肯定有问题，因为这些话都很难直接说出口。

但作为旁观者，我并不希望他时不时打电话过来，问你过得怎么样。老实说，如果你不打电话，他会对你更有兴趣。

再说，彼此不再联系能说明很多问题。既然都桥归桥路归路，各奔前程了，就没必要再为已经结束的感情浪费时间了。事实是："保持联系，让我知道你过得怎么样"没什么别的意思。如果真有的话，那就是"我对此表示很遗憾，希望你一切都好，但是我得走了"。

现在，你总算明白了。该怎么想怎么做，心里有数了吧。

● TIPS：你应该学会的，默念于心吧

▼ 所谓借口就是委婉的拒绝。男人压根儿就不怕"毁了友谊"。

▼ "忙碌"是"浑蛋"的同义词，而"浑蛋"就是正在跟你约会的那个家伙。

▼ 不跟连他自己都不太确定想不想和你约会的男人出去。

▼ 如果说小小一点努力就能让你安心，也能弥平重复发生的争吵，他却选择不做，那他根本就不尊重你的感觉及需要。

▼ 既然你找得到他，他也找得到你，所以，关键是在于他愿不愿意。

▼ 别跟言行不一的家伙在一起。

▼ 每个人随时都在告诉你他是什么样的人，所以男人说他没办法感情专一的话，你就该相信他。

▼ 分手是没办法靠对话解决的，这种事完全讨论不来。分手是独断的行为，一点也不民主。

Chapter Three

你很特别，但非特例

他之所以没打电话给你，是因为他悲伤过度，难过得躺在公寓门前的地板上，身边的比萨饭盒盛满的都是眼泪。此刻，他惟一想做的事情就是疯狂地思索如何赢回你的芳心。他发誓再也不要女人了（除了你之外），再也不喝酒了，也不要其他乐趣，因为没有你，就没有了一切。他再也不知道如何微笑或者放声大笑了。

在这段描述里，惟一可能的就是，没有你，就没有乐趣。但对他来说，并不是这样，没有你，他会好好继续他的生活。

你真的很特别，但不是特例。因此在爱情这场

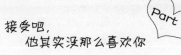

战争中，你不会比别的女人更幸运，让那个混小子主动回头。你悲伤不止，他却躲在一个你看不见的地方和另一个女人调情。你终于知道什么是末日的感觉了。但你也没必要找到那个杀千刀的，把他从床上踹下去。

当然你也不用自责，你挺好的，没必要去背那个十字架。

甩甩手，走吧。

或许我并不想玩游戏

亲爱的葛瑞哥:

太老套了,什么跟什么嘛。

我知道不应该主动打电话给男人,可是我老这么做,因为我根本就豁出去了!我不想玩游戏,不想约束自己,不想让自己心神不定。我想干吗就干吗!我打电话给男人的次数多到数不清。

葛瑞哥,你这个老古板,我就是不服气,你倒说说看我们为什么不能打电话约男人出来,尤其是我们自己喜欢的男人?

妮琪

亲爱的妮琪:

干脆点说,因为我们男人不喜欢。

好吧,有些人可能会喜欢,但那些只是懒男人。可是谁会想跟懒鬼出去?尤其是你这么又辣又俏的女人,会迎合懒鬼?就这么简单。规则不是我订的,也

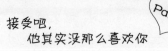

不见得每条规则都字字珠玑，每条我都拍手赞成。所以行行好，妮琪，千万别生我的气。我并没有敲锣打鼓大声张扬，要女人都重回石器时代。我只是想敦请各位实际一点，想想女人究竟有多少能耐去改变从人类开始出现就有的原始行为。

话说回来，很可能你就是改变历史的那个人，这你自己相信吗？

绝大多数男人都喜欢追女人。原谅我站在男人这边说话，我们不去想追不追得到手，可一旦追到了就会觉得皇天不负苦心人，尤其是长期抗战。

我们知道有性革命，我们可是举双手双脚赞成，但我们不希望自己喜欢的女人也参加革命。

我们知道女人有能力管理政事，有能力经营跨国公司，有能力扶养可爱的孩子，有时甚至可以身兼三职，实在让人佩服。

可我们对女人的审美却还是老样子。不管怎么说，男人一点也没变。

时光旅人

他经常不在家

亲爱的葛瑞哥：

我跟某人好了快四个月了。

他经常不在家，我们见面也因此有一搭没一搭的，然后有一段时间我们会固定见面。我才刚鼓起勇气打算跟他来个"长谈"，想看看我们这段关系会不会有结果，他就又得出门。我觉得在他出门之前找他谈事情不太妥当，开不了口。可是等他回来，我又觉得好久不见面，不该说那些很煞风景的话。

就这样，我实在不知道该怎么挑起这个话题，可是心里却始终压着块儿大石头。关键问题是，我们能在一起的时光很快乐，我不想因为一次的"长谈"就毁了一切。

玛莲娜

亲爱的"时光旅人"：

那些飞来飞去的人迷恋旅行，告诉你一个小秘密吧，他们很期待再次上路。他们其实挺喜欢累积飞行里数，挺享受嵌入式逃生舱的。

飞靶是很难打中的。

有许多经常旅行又能维系感情的方法，当然也有许多经常旅行却保证还是个不粘锅的办法。辨别之道就在于这家伙会不会老是在离开你之前，说他有多讨厌又得离开。要是他不认真点，确定他不在期间，你没有出门到外面去另找一个男人，那我想你刚刚搭上"他没那么喜欢你"超音速飞机了。可别忘了系好安全带哟。

我保证，你有绝对的权利知道那个小飞侠跟你之间是怎么回事。

你越是自信自己理当得到这么多，甚至更多，你就越能够轻松自然地问出你心里的问题，这点我敢打包票。

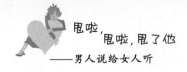

压力锅

目前手头实在太紧

亲爱的葛瑞哥：

我有个固定的男友，我们同居三年了。

转眼我就要三十九了，难免急着做长远的打算，像是要赶紧把自己嫁出去啦。他倒是一点都不慌，完全一副好商量的模样，可又每次都会说他的手头有多紧。他是个投资理财分析师，自己当老板，两年来赔了一大笔钱，也损失了一大票客户，事业是每况愈下。因此，他说手头紧，我相信是真的。

我知道他的压力很大。难道我想了解一下状况也算是无理取闹吗？

芭芭拉

亲爱的"压力锅"：

什么也别说了，保持绝对的沉默吧。或许，你真该考虑搬出去住了，免得在这么紧要的关头碍手碍脚。你看他，好像是"全世界头号大人物"，他的事

亲爱的充满错觉的你，
停止自作多情吧，现在还来
得及。

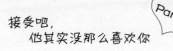

业正岌岌可危，这可不是轻描淡写、一笑置之的小事
儿喔。

　　唉，我的大小姐，你的脑袋瓜儿是不是有点晕晕
啊？你当然有权利知道是怎么回事了。难道你花费的
光阴就这么不值一顾？时光不能逆转，拿什么来换三
年年轻的时光啊。就凭这一点，你绝对有权知道自己
有没有未来。真的，随便哪个称职的投资理财分析师
听了我的话都会点头称是。

　　这两年来有谁不赔钱？股市不振，经济萧条，不
还是有人照样结婚吗？要是你们俩都年近四十了，又
交往了三年，他应该拿着玫瑰、戒指跪下来求你嫁给
他。如果你都开口说想结婚了，他还是无动于衷，那
你也许该听听我这个"股市分析师"的建议：

　　"道琼斯"先生其实没那么喜欢你。

　　就经济上来看，人们总是感到窘迫，那是不是就
没有适合结婚的好时机了？除非你是 NBA 球星或好
莱坞大腕儿。可就有人结成了。要是你的男人老拿金
钱当借口，那出问题的就是你们的感情，而不是他的
银行账户。

满脑子是钱，自己不觉得

他上当上怕了

亲爱的葛瑞哥：

我男友很有钱，虽不像唐纳·川普那么富有，但他家也算资产雄厚，他自己也是成功生意人。他长大后就一直觉得女人都把他看做一张难得的饭票。每次跟别人约会了一两个月，他就会说他感觉"结婚气氛"开始弥漫了。我可没把他当成饭票，我自己有工作，有收入，自给自足，从不跟他要钱。跟他在一起，只是因为我爱他。我们交往三年，同居了两年，还从没谈过结婚的事，一次也没有，而我今年都三十五岁了。我应该在盛年之时把自己嫁出去。根据我对他罗曼史的了解，他似乎总是在女人提及婚期的时候分手。但他必定知道我跟其他人不一样，我不是为了要他的钱。有钱人也有自己的难处，所以我尽量去理解体贴他。可是，他害怕吃亏上当的感觉真就那么强烈吗？还是我该想想他到底有没有那么喜欢我？

希尔顿

亲爱的"满脑子是钱，自己不觉得"：

哇，又长见识了，原来连"钱太多"都可以拿来当作不结婚的借口。真不知道你们这群古灵精怪的孩子还能想出什么怪玩意来。好吧，我就再啰嗦一次。上帝给了你渴望未来的权利，所以你有权知道目前的感情是在接近你的渴望，还是渐行渐远。就算把他的钱，甚至全世界的钱都付给你，也不能买断你这份权利。要是你不敢提起结婚的事，惟恐他会跟你分手，那这个公子哥真是无所不能了。一想起这个我就生气，替你觉得委屈，因为没有人可以白白享尽甜头。别给他那一堆堆的钞票或是他一袋袋沉重的过去给吓住。为长远打算，你应该弄清楚"钱多多"先生是不是当真喜欢你，别让他用什么"可怜富家子"的借口轻易把你打发了。

以我之见，要是你还得绞尽脑汁想出一条妙策，向某个跟你亲近了几年的人提起结婚的事，那前景我绝不看好。我希望你们交往的男人，都会尽快让你们知道他们是认真的。万一没有，那就尽快去弄清楚这混乱究竟是怎么回事。如果不幸没有未来，等你收拾起破碎的心之后，赶快去找个一天到晚在担心你是不是对他有意思的男人，犯不着受这份洋罪。

溜溜球冠军

他又想重修旧好

亲爱的葛瑞哥：

真不知道怎么了，我的男朋友老是跟我分了合合了分。

每次都是他说分手，然后又打电话给我，恳求我回到他身边；每次他都说多么多么想我，都是他的错，下不为例了。然后我就心软了。相同情况已经发生三次了，而且每隔半年就得一次。我恨死他这样了，可还是不由得原谅他，因为我爱他。我一直告诉自己他一定很爱我，然后就同时原谅了他，也原谅了自己。他确实是爱我的，对吗？要不然他为什么每次都回头。

布兰切特

亲爱的"溜溜球冠军"：

要命，我们看到了不同的东西。你注意到的是你的大帅哥爬回你身边的次数，而我注意的却是他说不

62

想再跟你见面的次数。相同的是，我们都得到了数字三。不过我敢拿钱来赌这还不算完。

因为说来很遗憾，你们的关系不过是这样循环的，那家伙东嗅西嗅，想找比较好的东西，只要找不到，就会寂寞难耐，然后就再回你那里。而你呢，又总是能原谅他，接纳他，他尝到了甜头，更加不在乎你的感受。他回来不是因为很爱你，而是因为他害怕孤单。

别给他第四次甩了你的机会。别再让你的分手次数增加，然后迈步前进。

重修旧好真是既复杂又困难的决定！

请记住，你决定原谅的那个人不久前忍心看着你因为伤心而花容憔悴，他把你的好处全忘光了。告诉他，你不再可怜他，也不需要他来陪。除非外星人把你的情人捉走，换上了另一个爱死你的脑袋，那就请你把下列这句话列入参考：

那个浑蛋大概是又有点儿寂寞了。

第三者

他真的是个好人

亲爱的葛瑞哥:

我从没想过会陷入这种尴尬境地。

我明白不该和有妇之夫交往,要知道我以前最鄙视那样做了。现在,我却做了。

我们是在外地开会时相遇的,后来因为工作关系又在我居住的城市重逢。相见恨晚,我们很快坠入了爱河,从此无法自拔。只要他进城我们就见面,而他经常进城。这种情况的坏处不难想像出来,而且我们似乎没有未来。但他真的是一个大好人。他从来没有外遇的前科,也从不背地里说他太太的不是,就凭这点,你也知道他是多么地尊重女性。

我们深深相爱。我活了三十六年,还是头一次体验到这么强烈的感情。他也说深有同感。

他曾提起过要离开他太太,但他还有两个幼小的孩子,孩子恐怕会受不了,而他们是无辜的。为此他备受煎熬,我也一点不好过。尽管有很多麻烦,我觉

得我够资格体验这样的爱。我的感受是那么强烈，我
不能否定自己的感情。

　　我的情况肯定不是典型的"爱上有妇之夫"故
事，葛瑞哥。我是我，我明白自己的感受，可我该怎
么样做呢？

汉娜

亲爱的"第三者"：

　　嘿，聪明人，没错，你知道你够资格体验强烈深
刻的爱情，我也这么认为。不过我觉得你应该找一个
真正属于你的人。

　　世界上还有很多好男人啊，你何不去找一个你自
己的男人，这个男人再好，他是别人的，对不对？
好，好，我知道有时候我们会失恋，会嫁错人娶错
人，会爱昏头，会选择错误，而这一切都可能导致外
遇。但这并不能说明外遇就天经地义啊。

　　你和你那位大好人可以如此这般处理你们的情
况，别再见面，让他理清自己的人生，你理清你的。
如果他选择家庭，你就成了真正的第三者，而他压根
儿就没打算离开妻子。要是他选择你，你们就可以开
展自己的生活，不必再遮遮掩掩。

我不是在说笑，也没有兴趣搞笑，也许我一向太搞笑了，但千万别忽视我此刻的严肃。

你想拥有爱情，你想拥有情人，你觉得自己终于找到了他，仿佛是上帝专门赐给你的，但他却不那么认真。

请千万要搞清一件事，他已经跟别人结婚了。我知道你跟别人不很一样，你不是那种胡闹的女人，你们的感情也不是逢场作戏，但事实还是事实，他就是个二手男人。

要说你的整个人生里会有一面绝不容忽视的红旗，那就选这一面吧。婚外情的代价对每一方来说都太高了。

你说我听

我的他炙手可热

亲爱的葛瑞哥：

　　我跟某人出去约会了三次，每次约会过后我都更觉得他真是很棒的对象。他是记者，生活够精彩够刺激——到处旅行，冒险犯难，而且观察力敏锐得不得了。他还很风趣。他恭维我，表示很喜欢我，一直邀我出去。他总说跟我在一起很愉快，我也能感觉到这种愉快。但事实上，我们约会三次他根本就没有问过任何关于我个人的问题。他一定很喜欢我，否则就不会一直邀我出去，不会一直跟我说我很漂亮吧？但让人不解的是，他既然喜欢我就应该知道我的事情，那他为什么不问我问题呢？也许跟精彩刺激的人约会就是这样子。他真的是很棒的对象，葛瑞哥！

　　　　　　　　　　　　　　　　　布兰妮

亲爱的"你说我听"：

　　你真幸运，逮到了这么一个精彩刺激的人，可以

67

看他表演什么叫"自说自话"。简直酷毙了。他对自己显然也是像你对他一样的推崇备至。我不愿扫你的兴,不过他其实没那么喜欢你,他喜欢的是你聆听他说话的样子。我遇见我太太的时候,我只想不断追问她问题,否则我要怎么知道她是什么样的人呢?是啦,我也喜欢跟她说我自己的事,我希望用自己的丰功伟业迷住她。不过那叫做礼尚往来,心甘情愿,因为我觉得我必须逮住她这条大鱼。我们两个人在交谈的时候都渴望多知道一些对方的消息,多一点,再多一点,想知道各自生活中的点点滴滴,想一探对方的过去,偷窥彼此的心灵,我们一点也不会为这种好奇和探究感到疲劳。因为只有更好地了解对方才能驻扎进彼此的心灵。你那家伙却像患了夸大妄想症,一味想着卖弄自己的见识,可见他的注意力并不在你身上。最起码他应该问你穿什么样的内衣。

记住,你才是千载难逢的好对象。男人得想尽办法逮住你。那个男人不是可口美味的灰鲭鲨用炭火烤过,再加上柠檬酱调味,吃完让你唇齿留香,回味无穷。他不是,你才是。好吧,比喻得不伦不类,反正你知道我是什么意思。

● **TIPS：你应该学会的，默念于心吧**

▼ 除非他整个是你的，否则他还是别人的。

▼ 没有消息就是消息。

▼ 坏坯子真的不是好东西。

▼ 如果他只有在醉茫茫的时候才想见你，跟你说话，跟你做爱等等，那根本不是爱——那叫运动。

▼ 除非是他清醒的时候说的，否则就不算数。要是喝过比葡萄汁更烈的饮料才说一句"我爱你"，以及诸如此类的话，无论是在法庭上还是生活中都是站不住脚的。

Chapter Four
逃出爱情魔咒

我们都心碎过，起码也亲眼目睹过别人心碎。

我们知道如果还在情场中征战，恋情有开始，就一定会有结束，而结束部分往往都糟糕到不堪回首。

有谁想当一个歇斯底里的女孩儿，在刚遇见某人的那一刻，就时时逼问人家去哪里了，是怎么回事？人人都想当酷女孩，知道如何玩得开心而不要求太多。可是她们还是会一遍一遍询问，那个人到底爱不爱她；会希望听到那个人的电话；想知道什么时候能见面。有时候连你自己都讨厌甚至痛恨自己的行为，可忍不住去重复。

你曾经是这样的，如此那般爱上一个人，而他却

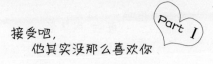

不能给你任何想要的东西。你不但死心塌地留在他身边，还一步步褪去了宝贵的自尊。你不顾一切地去维持着一份不健康，只会让人堕落的感情，指望着奇迹发生。

然而什么都没有按照你期望的发生。

他和你之间没有永远。你无法排遣忧伤，没有一个肩膀倚靠就无法入睡，你养狗任凭他们身上长满了虱子，最后又变成购物狂，刷爆了信用卡。朋友们词穷了，已经想不出任何理由来劝诫你。直到有一天，悲伤的你突然醒悟，原来他是那么不值得。

我外婆经常说一句话："即使用光了世界上所有的蛋黄酱，你也不可能用鸡屎做出鸡肉沙拉。"

没有鱼，虾也好

他很忙

亲爱的葛瑞哥：

　　我跟某个家伙约会了半年，大约每两周见一次面。我们很融洽，当然包括上床了。一切都很棒。

　　如果继续下去，我们大概会感觉到更需要对方，也会更常见面。问题是，我们现在每隔两周才见一次面，当然这总比不见强。再说世事无常，谁知道未来会有什么变化？

　　我知道他很忙，也许他实在只能拨出这一点点时间。如果真是这样的，我反而应该觉得受宠若惊对不对？他这么忙还能想到我，这不是能说明他真的喜欢我吗？

乌玛

亲爱的"没有鱼，虾也好"：

　　你当真这么想？

　　我们现在就只能凑合几只小虾米？我还指望再不

济也该有几只明虾，甚至来几只龙虾呢。我看你的脑壳要不是烧坏了，就是饥不择食。为人家给那么一点点时间就觉得受宠若惊？

他很忙，那又怎样？难道很忙反而让他身价倍增，非比寻常了？"忙碌"并不等于"更优秀"。在我这本书里，有条不成文的规定，凡是有耐心等上两个礼拜才见你的，其实都没那么喜欢你。

唉，各位大小姐，在这方面你们的记性真是差。让我最后一次提醒你吧，好男人真是想要你的话，就会打电话给你，会让你觉得自己性感受宠。他想要有更多时间跟你见面，因为每次看见你，他就更喜欢你，更爱你。

我知道，每隔两周，每隔一月，见个面，亲热一下，解决一下思念能帮你熬过一天一周一月，可是能帮你熬过一辈子吗？

二十磅

我变胖了

亲爱的葛瑞哥：

我跟男朋友在一起两年了，我觉得我们的关系正渐入佳境。可是，有次他探亲回来，告诉我他跟某个在酒吧认识的人上床了。我难过死了，问他为什么。他竟然没有一点要忏悔的意思，说我变胖了，所以他对我没性趣了。我都被他气晕了，他说得没错，我是胖了二十磅，可这怎么能成为他背叛我的借口，而且还这么振振有词。

话又说回来，我还是拿不准该跟他分手，还是该上健身房减肥。

蓓丝

亲爱的"二十磅"：

先上健身房吧，不过减掉二十磅的肥肉根本不够，你应该减掉一百七十五磅——也就是长在你的浑蛋男友身上的死肥肉。他自己出轨还敢埋怨你胖！是可忍孰不可忍。你觉得一个人还要怎么瞧不起自己才咽得下这口气？

用你的体重做借口来给自己出轨找理由，不但卑鄙，简直就是十分卑鄙，而且根本就是胡说八道。

假如他觉得你们的感情出了问题，他就该跟你开诚布公地谈，而不是放任自己去乱搞女人。你不过是胖了二十磅他就这样，那等你怀孕了，老了，皱纹多了，穿了件他不喜欢的衣服，那他是不是就要三妻四妾全部弄回家来了？

趁早把这个浑蛋给踢出去，不然我就要亲自跑到你家去帮你把他给踢出去了。

分手很容易

可我们的压力真减轻了

亲爱的葛瑞哥：

我跟某人好了大概一个月，然后就分手了，因为他说他不觉得我们会有什么认真的关系。我能了解，而且我不是那种死皮赖脸的女人，所以就很有风度地接受了这个结果。他想知道我们能不能照样像朋友一样出去玩玩儿，我说当然可以。所以现在我们一起出去，然后回到他的住处上床，就跟以前一模一样。可是现在我们"分手了"，大家在一起的方式却没有改变，我不是特别在乎名分，也就乐得享受这一切。而且他真的真的很可爱，我也爱极了跟他上床。既然他离不开我，就一定很喜欢我。我觉得蛮酷的。什么压力也没有，我们在一起很开心。我已经做了决定，我喜欢目前的状况，不打算点醒他我们其实是在交往，虽然说我们已经分手了。

约翰逊

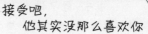
亲爱的"分手很容易"：

　　我的天，你抓到宝了。这家伙可真是聪明绝顶，还掌控了一切。他跟你出去，跟你约会，跟你分手，然后还继续跟你睡觉，而他对你的感情却连一丁点的责任都不用负，谁叫你们已经分手了呢。真是太有才了！他坏透了！这书应该由他来写才对，我们算什么东西！

　　坦白说，我敢打赌只要这家伙愿意，他还可以成立自己的教派，受万人崇仰。而且我敢说你会欢天喜地地加入。请搞清楚，这家伙并不是因为太喜欢你而离不开你。没有你就活不下去的男人怎么会跟你分手，怎么会断了自己的活路。这下子你就明白了吧，这家伙根本不喜欢你。而你有多在乎自己，就是看你有多快摆脱他。

　　如果非常想和某人在一起，你会愿意屈就比较差的待遇，甚至连这种盗版的模糊感情，你都能可怜兮兮地忍受。各位小姐，拜托拜托，睁大眼睛。时时记得你是想中什么奖，千万别屈就次品。就算不为自己，也请为别人着想，这种男人之所以存在就是因为有太多女人在纵容姑息。

猪头妹

他真的会改？

亲爱的葛瑞哥：

不是我太婆婆妈妈，也不是我一定要说他坏话，我男朋友真的很自私。

他说他爱我，也接纳了我进入他的生活，我们跟彼此的家人都很亲近。他在许多方面都表现得让我很满意。可是我们住在一起四年，他却从来不肯做家务，从来不肯费心安排我们的约会，从来不好好庆祝我的生日，从不送我花，不肯遛狗，也很少称赞我。我辛辛苦苦为他和朋友煮了一桌好菜他也从不道谢，难道说声"谢谢"很矫情吗？还有他也不愿意跟我一块去度假。为这些事我们不知道谈判多少回了，他发誓他有在改，可是却看不出他改了哪里。

问题是，他真可能像他说的那么爱我，却又这么猪头吗？

宝拉

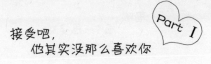

亲爱的"猪头妹"：

你一定在唬我。

拿起你写给我的信，举高一点，大声念给你自己和朋友听。要是你还听不出问题在哪里，赶快报警，因为有人的脑袋给偷走了。

P.S.：针对你的问题，答案是否定的。他并没有改变。

恋爱中的男女会尽量表现好的一面，有些甚至还对自己的情人好到不行，好到黏糊，好到多余，而且乐此不疲。他或许自以为爱你，也许他也真的爱你，可惜他表现得还是差劲到家了。这跟"他其实没那么喜欢你"又有什么分别呢？

千万不要共度了四年时光才恍然大悟，那家伙白白享受爱情成果，是个自私自利的浑蛋。

其实最大的可能是，"浑蛋小子"打从第一天开始就在想办法让你知道他的本性，而你却沉浸在爱情里，团团转地忙着为他和他的朋友们准备宴席，可惜那宴席上没有你的一席之地。

此时醒悟为时不晚。

感情饿殍

他只是有点怪癖

亲爱的葛瑞哥：

我爱上一个人。

他非常敏感体贴，将来应该是那种顾家的好男人。问题是他不喜欢肌肤相亲。他说他就是不喜欢有人碰他。我们有性关系，还相当不错，可他就是不怎么喜欢爱抚我。他别的地方都很棒，没得说，所以我怀疑自己这样抱怨似乎是身在福中不知福。

你觉得不想拥抱、不想让我碰就表示他没那么喜欢我吗？还是说他在这方面有问题？

我不想为了这么点小事就甩了他，可是我也不能为此掩饰自己的喜好啊！

坦丽

亲爱的"感情饿殍"：

我得说在这个世界上还真没有几个人会不喜欢肌肤相亲呢。

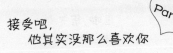

他还不喜欢什么东西而你不知道？

小狗？婴儿？灵魂？既然你喜欢肢体接触，干吗要把自己跟这个碰不得的、不自在、怕痒痒先生绑在一起？虽然说有些男人的确觉得亲热动作很别扭，那指定是在公共场合。可是不喜欢肌肤相亲？实在难以想像。

他或许真的喜欢你，可是我敢说他绝对没那么适合你。我看你还是忘了他，去找一个跟你喜欢一样东西的人，然后一辈子享受肌肤相亲的快乐，玩个不亦乐乎吧。

你是有这种可能遇见不喜欢别人碰、不喜欢别人吻，甚至不喜欢性的人，你可以花上许多时间来搞定他们，或是不断自问是否该怪自己不好。

你也可以明白，他们就是不爱那些你生命中不可或缺的享受。然后，你就可以去找一个和你看法相同的人了。

事情已经很明白了，向东向西随你选。

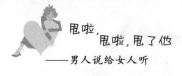
命中注定的孩子

你怎么断定我们不会重新开始?

亲爱的葛瑞哥:

我和男友相处了三年,一个月前我决定搬到他那里住。其实这是他的主意。自从他有了更大的房子,我们就合计着把我住的房子租出去,然后一起住。总算一切顺利,房子粉刷了我们都喜欢的颜色。再后来,我们开始琢磨家具的事情,哪些要更新,哪些要保留,哪些要从我那边搬过来。在准备搬家的前一天,我把房屋出租信息发布了出去。也就在这一天,他竟然说,我不是他要找的"那个人",我们住在一起将是一个错误,是浪费彼此的时间,耽误双方寻找命中注定的人。我无法接受这突然的打击,他是个好男人啊。也许应该多给他点时间。好男人不是很容易遇到的。他对我感情应该很深,因为几星期前,他还提出来要和我住在一起。如果我认定我们就是彼此最合适的人,是不是应该耐心地等他?你意下如何?

露丝

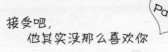
亲爱的"命中注定的孩子"：

也许你是被装修时过多的油漆味给熏懵了，他都说了这样的话，你不是他要找的"那个人"，你还在做梦？这句话是多么简洁、明白、一锤定音。当然他也真够缺德的，偏偏挑在你要搬家的前一天告诉你。不过，你还是要感谢他的诚实。他这样做，其实是为你好，不仅节约彼此的时间，而且长痛不如短痛。你可以不喜欢、不欣赏他这样做，可以痛恨这样的结局，但你确实需要听到他这样直截了当说出来。我知道，当你听到他说这些，感情上是多么地无法接受，但如果你不能接受你们已经分手的事实，那么你将会继续痛苦下去。另外，他竟然用了"命中注定"这个词儿。这是什么时代的新鲜词儿？很多人都认为他们能够控制自己的命运，而我认为，命运应该基于认真的倾听和观察，客观明智地做出决断，即使你暂时会痛不欲生。如果你们真的命中注定在一起，我相信，他的第三只眼一定会让他看清事实，然后他一定会争取让你回到他身边，哪怕事情就像愚公移山。有一个事实毋庸置疑，那就是你在痛苦中煎熬，去等待一个不会回来的人——这一定不是你的命运。

疯狂聊天软件

如果我盗用他的 IM 账号？

亲爱的葛瑞哥：

我知道前男友聊天软件的登陆密码。我有种预感，他一定在和新认识的女孩交往。所以，我用他的账号（The Panty Man）登陆到网络上，然后和我怀疑的目标，一个叫做 Sarah8476 女孩聊天，问她昨晚是否玩得开心，问她对于我们（其实是他们）下一步发展有何想法。她说想正式开始和我约会。我说，"那是不可能的。我仍然爱着前任女友，你和我之间只有性的关系，那是我对你所有的想法"。她马上就下线了。

对于这次聊天的结局我感到很开心。后来就一发不可收拾。

我几乎所有的时间都在线上，和他好友名单里的所有女孩聊天，我只是想知道她们有没有和他见面。而且，只要她们敢说一点点调情的话，我马上就会说一些极端恶劣的话，让她们再也没有任何欲望继续和他聊天了。

莉莉周

亲爱的"疯狂聊天软件"：

我这里有一个游戏给你玩，假装你没有彻底疯了，好吗？你到底中了什么邪？你的前男友 The Panty Man（内裤男人），至少他已经开始尝试新的生活了，最终他还会遇到某个对他执著的女孩，尽管他的网名听起来很愚蠢，尽管你在鬼鬼祟祟地伪装他的身份。

现在你应该好好反省一下自己，自己的行为，自己的现状。你会发现，你已经把自己的人格完全豁出去了。

你蓄意破坏你男友的感情生活，这一点不会改变他放弃你的事实，你只能是贬低自己，让自己变得很可怜。我确信，在你的童年梦想中，你从未想过做一个可怜的人。

收起电脑吧，把它搁到柜子里去，出一趟远门儿，让新鲜的空气清理你迷乱的大脑。

疯狂 Coco

如果我最好的朋友也是他朋友呢?

亲爱的葛瑞哥:

我是通过迄今为止最好的朋友 Lindsey 认识了前男友的。因为他们在同一家公司上班，所以她还能一直见到他，知道他的一些消息。自然而然，我觉得她应该告诉我一些关于他的情况。对于我们的分手，他后来有什么想法? 他后来有没有和什么人约会? 他是不是还想着我，但是不敢向我提起? 因为分手时我对他大发脾气。

最近朋友告诉我，她十分反感我打听关于他的事情。为此，我们还大吵了一架。我认为她应为我留心他，难道这有错吗?

那不是一个朋友应该做的吗?

Coco

亲爱的"疯狂 Coco":

当然，向你朋友打听他是非常错误的事情。拜托，她只是你前男友的同事，又不是一个间谍。她已经告诉你了，她对此感到不舒服，那么你就要尊重她，要不你就不能算是她的好朋友了。虽然她有条件了解关于你前男友的情况，但眼下你更要关心你和她的友谊。

事情是这样的：

她没告诉你前男友的情况，只是她没有将那些毫无用处具有杀伤力的信息传达给你，表面看来，她似乎对你很冷淡，但实际她是为你好。就算他出去跟别人约会又怎么样？那是分手之后正常人会去做的事情。即使知道了你想知道的，他也不会回心转意，而你却被过去的生活纠缠羁绊着。

之所以叫分手，是因为你们的分手已经成为事实，这些就是你所需要的全部信息。

●TIPS：你应该学会的，默念于心吧

▼ 劈腿族只是欺骗了自己，因为他可过不了你这关。

▼ 出轨没有借口。让我再说一次，出轨没有借口。好了，现在换你说一遍，出轨没有借口。

▼ 失去男朋友很难再找到一个，但失去了自尊会更难找回来。轻重可得分清楚。

▼ 外面有个男人想告诉每一个人他是你的男朋友，所以别打混了，快去找他。

▼ 别给他再一次拒绝你的机会。

▼ 要是你不知道这段感情会不会结束，只管暂时靠边停车，问问清楚。

▼ 你不该委屈自己，所以没有鱼，虾也不见得好。

Part Ⅱ

分手吧，
该分就分
It's time to fire him

来电等待小姐，
　放下手里的电话，他要
是想你自己会打电话来的。

葛瑞哥的自白

（从　前）

> 严禁发笑！！严禁幸灾乐
> 祸！！葛瑞哥的从前就是你们的
> 现在！！

很久很久以前，在那条遥远而悲伤的星河里，我在和一个冰雪美眉约会。那时候，我所谓的约会，其实是我无可救药地爱上了她；而在她眼里，我只是一个还不错或者非常好的家伙。毋庸置疑，最后的结局是我们分手了。分手方式确实令人尴尬，我们还住在一起，睡在同一张床上，可是从不一起外出。"对不起，我知道你正在和别人约会，不过我可不可以一起

和你共用一个枕头？"嘿，谁会这么说话？唉，那是我。为了和这个女孩在一起，我甘愿承受种种屈辱和打击，但我确信，只要和她保持距离，她就会重新发现我的无穷魅力，重新想要我。不过，好景不会长。后来，她去了纽约，去追求她的事业，更重要的是，追求她的新男人。

故事到此为止，你一定认为，人都已经离你而去，何况她还有了新的男人，一切都该结束了吧。话虽如此，但我当时却不这么想。

我仍然沉浸在那个浪漫而又疯狂的想法里，以为还可以把她追回来。漆黑深夜，醉醺醺，隔着电话，流着眼泪苦苦哀求。没起任何作用。我不仅羞辱了自己的心灵，也糟蹋了自己的尊严！我甚至还更加作践自己，从一个她已经不再爱的人，变成她竭力逃避的可怜人。这女孩对我已付出了足够的宽容和耐心，而我却不断骚扰她，干扰她的生活。我深陷痛苦烦恼中，开始疏远朋友，工作也受到牵连，看起来简直一无是处！更郁闷的是，我每天都在喝酒，似乎第二天全世界就要下令禁酒一样。

那天晚上，我喝了很多特吉拉酒，酒意指使我给"纽约小姐"打电话，看看她是否继续否认她是我的

Miss. Right。那时，她住在纽约的 Paramount 酒店，正等着搬进她新买的公寓。我醉得东倒西歪，迷迷糊糊地拨通了电话。

直到事后我才意识到当时是洛杉矶的凌晨两点半，纽约五点半。当时我已经醉得一塌糊涂，连自己心上人的名字都说不清楚了。更要命的是，我想我当时的声音听起来一定像一只狗在哀鸣。前台说："对不起，先生，您可以再说一遍吗？"我又重复了一遍，还是失败。"先生，麻烦您拼写一下客人的姓名可以吗？"最后终于让对方明白了我要找谁。就在要接通电话的前一秒，他说："先生，您确信您要打这个电话吗？"在酒醉的黑夜里，这个莫名的声音，忽然唤醒了我沉迷的意识。我停顿了一下，"不，我不想打这个电话。"因为我已经打过 N 次这样的电话了，没一次有结果。这样的电话总是让事情更加失控，越来越偏离自己的方向。

我需要尊严和冷静。"不"，我说，"我不想打这个电话了，谢谢！"

第二天，我仍然感到难过、悲伤，但却记得昨夜电话那头传来的声音，这使我头脑清醒。

（心灵忏悔录）

分手就这样悄无声息地袭来。

她在工作时认识一个 DUDE，然后两人就好上了。就他们两个人，单独出门、喝酒，享受二人世界。要知道，那是她和我之间的权利。那家伙长得是不错。可是，长得很帅也很有趣的男人多了去了，不一定都能做另一半。我自以为这就是我和那个 DUDE 的区别。

有一天，我发现他们竟然在我们的私家车道上开车。"这也太容易让人起疑心了。"我真有点醋意大发的意思了。她还是装作若无其事，表面敷衍我，但很快就失去了和我同床共枕的兴趣，再后来她干脆搬到了酒店住。不过，她仍然当我是男朋友。我为这一点暗自庆幸。

又过了一阵，她打电话来说，她在纽约买了房子。纽约？"但是你住在洛杉矶，工作也在洛杉矶啊！""我知道，但是我不喜欢洛杉矶。""可是，我人在这里啊。""你可以到纽约来。""去那干什么？"她沉默了一阵，我挂断了电话。

　　当你的女朋友搬到另外一个城市，这意味着你们关系的根基动摇了。我渐渐意识到，可能要失去她，必须得想个独特而有力的办法，挽回这一切。

　　也许听起来有点像电影里的情节，知道我的想法吗？大概是站在草坪中间，手上举一个立体高音喇叭呼唤她。最好是，装扮成海盗模样，举着立体喇叭，抓住绳子末端破窗而入，进到她住的酒店房间。如果真的可以，我一定会这么做。问题在于，如果出现在电影里，我是英雄，而现实中，我只会马上被警察带走。所以我最终决定和她分手一段时间，这也是让她重新回来的一种办法。

　　我以为，这段分开，会让她意识到离开我是个特大错误，然后取消去纽约的计划。纽约有什么好的？不就是一栋栋的高楼，还有……那个 DUDE……

　　更愚蠢的是，当我综合衡量了各种因素，私家车道、酒店、纽约，还有 DUDE——我以为我还有希望!!

　　她只是正在了解 DUDE，住在酒店，准备移居纽约。有什么让人失去希望的理由呢？一个理智的人会观察和分析事情如何发展，然后做一个猜测，选择朝痛苦更小的方向走。但你感情受伤时，不知怎么搞

的，反而总是自寻更多的烦恼。

按我的计划，分手不过是个把戏，期望她回头，最后却只是多给她一次机会拒绝我。回想起来，当时为什么没直接和她说，"你似乎不那么在乎我了，但是你也不愿意分手，这真让人难受，那么让我来说分手吧。"然后我带着尊严昂首离去，而不是重复沉迷于过去。

如果你现在处在我当时的位置上，请今天就带着尊严离去吧。

相信我，如果你不做，将来一定懊悔。

女同事的旁白

（葛瑞哥和我们的现在）

当葛瑞哥侃侃而谈的时候，也许你已经猜到了他的从前。

他曾在苦恋中挣扎，曾是风月场上的老手，精通男女间的逢场作戏，做过别人的乖宝宝，可最终浪子回头，娶了妙人回家。葛瑞哥说，那既不是突然良心发现，也不是借助魔法摇身一变，只因为他遇上了"真命天女"。

各位美女编剧坐在办公室里，一边讨论着剧情的发展，一边兜着怪圈地看待交往的男人，可是，葛瑞哥不允许我们继续玫瑰色的幻想了，他逼迫我们承认那个最终不能逃避的事实，我们和那些家伙之间没有未来。

是的，我们讨厌一个人去参加派对，更不忍看见别人卿卿我我，自己落单；我们讨厌一个人睡觉，讨

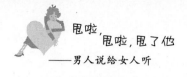

厌一个人醒来，一伸手总摸到那只倒霉的老母猫；我们讨厌煮饭给一个人吃，咸了没人挑剔，淡了懒得加盐；讨厌一个人逛街，漂亮衣服本来就是穿给悦己者看的，没人看穿了有什么意思；尤其讨厌给好朋友做了三次伴娘之后，还一个人去参加别人的婚礼，只要说话俏一点儿就有人以为是在给男人下套；讨厌别人问我们有没有男友，有没有结婚，仿佛自己就是天字一号嫁不出去的主儿。可是就因为这个，我们就能够随便凑合了吗？

才不，又不是猫啊狗啊的，我们的口号是，宁缺毋滥。

好在，痛苦总会过去的，不能再上演多情女遇见薄情郎的悲剧了。电视剧里的情节已经够悲情了，生活需要快乐。

Chapter Five

遗失男友一名

如果不是怕全世界的人都知道，你恨不得到街上、地铁通道里去贴寻人启事。把"遗失男友一名"写满整面墙。你不想把自己弄得像笑话。

恭喜你，美女。即使那样做了，你也找不回他，惟一的结果是被街上人当作疯子，或者被警察带走。

啊啊啊啊！Faint。不能想像，他那么轻易地就扣动扳机，一枪结束掉了你苦心经营的那份感情。它那么熟悉又曾经给你们快乐。在枪声和火药味中，你遗失了男友一名。

当然不仅如此，有时候他只是去旅游了，再也没

有回来。没有电话，没有留言。你怀疑他死了，终日哭泣，想像他怎么样不幸在海上喂了鲨鱼，或者别的一场意外。以后每年，你都在他的祭日这天，买一束白玫瑰。这天确实是祭日，不过不是他的，而是你感情的祭日。

有时候，他在婚礼前走失了，任何亲友都没有他的消息，你的大喜日子突然陷入慌乱，幸福短路了。他把新娘子变成了众人议论同情的怪物。可是，能怎样呢？静静地等他回来，等他第二次背叛你？

停止悲伤吧，一个假装在人间蒸发的男人没那么值得怀念。你就当他死了。

或者，当他是一台收音机，一双鞋好了，就当是男朋友或者未婚夫死了又怎样？

你的生活又不是一锤子买卖。

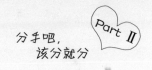

是他理亏，他自己也知道

亲爱的葛瑞哥：

　　我跟男友同居了一年，大概是一个月前，我发现他就跟某个同事睡觉，而且还睡了两次。这是那个女人在朋友家的派对上亲口跟我说的！我当面质问男友，他也认了。我很气愤，直接收拾了行李搬到朋友家去了。

　　现在他不断打电话给我，恳求我再给他一次机会。他说他也不知道为什么会劈腿，大概是鬼使神差，他真的很后悔，还表示一定会向我赎罪。

　　我该怎么办？

菲欧娜

亲爱的"一个月前"：

　　让我来给你们的感情把把脉啊。

　　他跟你同居，又背着你跟别人乱来，而你还是因为第三者亲口告诉你才知道的。嗯，看起来好像还是

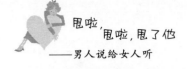

你赢了嘛，婚礼选在几时啊？

好了，不开玩笑，我们来认真地谈谈你们俩那很特别的一个月。

那个月中，他跟别人上床两次，回到家以后，又跟你睡在同一张床上。每次他望着你的眼睛，他就在蓄意地隐瞒。哦，可别忘了，这位先生还没有主动向你坦白交待——还是那个狐狸精帮他说的。所以，如果事情不败露的话，背着你乱来的时间就会从一个月变成两个月、三个月，然后再没完没了地下去。现在，他满口的抱歉后悔，不过，那些话也能听也能相信吗？

当然啦，你可以选择相信他，也可以选择相信他会改变。但在我这本书里，说谎、劈腿、隐瞒都是真正喜欢你的男人绝对做不出来的事。

劈腿很不好，要是不知道自己为什么会劈腿则更不好。

要是一面红旗还不够的话，那你觉得两面如何？

千万别跟心里没谱儿，不了解自己所作所为的男人约会。

完　了

起码他认识她

亲爱的葛瑞哥：

　　我跟某人交往了大概一年，我们彼此相爱，相处得极融洽。我以为这就可以天长地久下去了，可是最近他又跟前妻见面。他们大概也是一年没见面了，他前妻曾经为了别人抛弃他，他们离婚将近两年。可现在他们又上床了，我很难过。

　　我不确定他们是否旧情复燃，他是否在感情上背叛我，但我还是想跟他分手。他却要我原谅他，理由是他是跟前妻藕断丝连，又不是沾惹上了别的女人。而且他保证不会再犯，毕竟也只有一次。可是我却感觉天昏地暗，好像什么都完了。

　　难道他真的能够爱着我又对我做出这种事？

乔伊丝

亲爱的"完了"：

　　出轨不仅是道德问题，还是法律问题。

谁说跟前妻出轨就不算出轨？难道说他还有张"自由上下她的床"的执照，而他就是靠这张执照跟他前妻结婚的？

这么说来他也可以跟帮他洗牙的女人上床喽？那帮他冲洗照片的女老板呢？幸好他还没参加高中同学会呢，否则的话他哪里分得开身去应付那一大堆的"旧情"。

他爱不爱你不是重点，重点是他给了你一条很明显的线索，让你知道他对你们的感情到底看不看重。所以真正需要抉择的问题来了，你觉得这种人还值得你爱吗？

男人也是感情动物，你不能怪他太多情。爱上某人，虽然分了手，感情却没办法说断就断。

可是，难忘旧情并不表示他们必须得上床。

感情万岁。

忠诚万岁。

法国可颂

也许他死了

亲爱的葛瑞哥：

我和一个正点的法国人有过一段感情，真的很棒，而且感觉上好像还可以再进一步。不久，他回法国了，我们开始靠写电子邮件联系。

那段时间真的又甜蜜又浪漫。但突然间，我的邮件他不回了，已经过了两个礼拜，音讯皆无。葛瑞哥，他是不是出什么事了？也许他没收到我上一封邮件，或者是我写了什么让他不高兴的话。

一想到有可能再也得不到他的消息，再也得不到他的爱情，我就受不了，打击太大了。难道我就不能接着写信给他，再试一次看看他是不是会回信，看看能不能联系上他？

娜拉

亲爱的"法国可颂"：

如果你想给他再一次拒绝你的机会的话，可以。

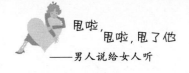

你可以写伊妹儿给他。

他有没有可能被运送面包的卡车撞了，目前躺在医院里，所以才音讯全无？当然。

可我还是得说，最有可能的情况还是他遇上了某人，然后他们正如胶似漆；或是他终于明白远距离恋爱不适合他，他受不了这种孤独和相思；或者你偏偏不是他梦中的美国尤物。

要是你偏不信邪，认定有万分之一的机会是他的电话线路断了，伊妹儿塞爆了，他把你的联系地址电话弄丢了，所以想写信给他，请他再泼你一头冷水，只管请便，可别说我没警告过你。

无论是生意上、朋友间，或是情人间，没有消息是最可怕的事了，尤其是情人间。俗话说没有消息就是好消息，这里却恰恰相反，没有消息就是坏消息。他可能没有写分手信给你，但他的沉默就是无声的再见。而再写信给他只有一个理由，那就是再给他机会大声说出来。

你难道忘了吗？你受不了再次打击了，而且你也算是个红人，另觅高就吧。

等离子电视赠送者

怎么没有任何征兆，
我们的感情就结束了呢?

亲爱的葛瑞哥:

我和我的男朋友已经在一起三年了，一直都相处得非常好。

从去年开始我们搬到一起住了，他跟我讨论结婚和孩子的问题，讨论所有有关将来的事情。他甚至还在圣诞节前带我去看订婚戒指。因为这个，我自然老想着圣诞节那天他会送我什么礼物。当时我傻呵呵地想，他肯定会送我一枚订婚戒指。因此，我透支了信用卡额度给他买了等离子电视作圣诞节礼物。

好了，圣诞节的早晨终于来了，他被我送的礼物给震惊了。不过，这远远比不上我的震惊，您知道吗? 我打开包装，看到一件波西米亚毛衣和一条项链! 天哪!

然后，第二天，他告诉我，他不确定我是否是他的 Miss. Right，我应该搬出去，这样彼此可以分开一

段时间，他也好有些时间考虑考虑我们之间到底发生了什么！！

现在他既有了房子，又有了等离子电视！而我却将为那台电视机偿还一辈子债务。我试图让他记起我们在一起曾经多么快乐幸福，结婚的主意也是他先提出来的。但结果，他只是不断道歉，说他需要和我分开一段时间。

事情怎么会这样呢？一个人刚刚还想和你结婚，忽然间没任何理由就不愿意再和你说话。

我应该做什么才能挽回他的感情，才能让他认识到我们应该在一起呢？

请回信。

玛拉

亲爱的"等离子电视赠送者"：

首先，不要给一个男人买等离子电视，除非他已经和你结婚（我的祖母曾经这么说过）。

对许多男人来说，只要他们有了等离子电视，就不需要女朋友了。你男朋友似乎就是其中一员。事实上，如果他准备和你结婚，他自己会去准备好这些事情的。

　　你并不能做什么事情能够让他和你在一起，尤其是娶你。

　　在生活中，最糟糕最让人沮丧的事情之一就是，好端端的恋爱关系没任何理由就结束了。我确实也相信，有时候，男人和女人很容易就失去了对彼此的爱，即使他们最初非常相爱。对你来说更大的打击是你完全被蒙在鼓里。他提出了分手，你却仍在原地承受着悲伤和痛苦。

　　举目四望，你忽然发现生活发生了巨大而糟糕的变化。但这样的事情发生得越早，你就能更早认识到，嘿，聪明女孩，你正向更光明的方向前进，前面有更美妙的人和事在等着你！

　　同时，你也该让他知道做事的礼节。如果是一个女孩背叛了婚约，她应该把订婚戒指归还给对方；而如果一个男人背叛了你，那么，他至少应该把这台电视归还给你。

时间雕塑

为什么我痛苦依旧?

亲爱的葛瑞哥:

和男朋友分手快一年了，我仍然在痛苦中挣扎!

我们在一起相处了一年半，我是不是应该已经熬出头了?

他们都说，忘记一个人的时间，是两个人在一起的时间的一半，这个公式已经不适用于我了。

我发誓，现在受伤的感觉和一年前一模一样。我还是每天都在想他，想我们一起度过的每个美好时刻。一想起是他亲手摧毁了这一切，我就感到疯狂和心碎。

到底什么时候我才能好起来呢?

我怎么才能忘记这一切?

劳伦

亲爱的"时间雕塑":

我也相信有人说过，忘记一份感情的时间是两个

人实际相处时间的一半。

不过，还有另一个更为精确的公式供你参考。如果你的宠物小仓鼠死了，你数一下它一共活了多少年，然后除以它爪子的数量，然后再开平方根。也许数学公式并不适用于计算心灵问题。

我想，时间确实会愈合感情带来的创伤。悲伤的时候，你在脑海里一次又一次地循环播放着回忆，这意味着你一次又一次重复犯同一个错误。或许你在想："如果我那时很苗条，很性感，什么什么的就好了"，或者是"早知道我就把他的车给烧了"，嘿，好吧，所以你每天坐在那里，贬低着自己，后悔当时你应该说这个，或那个。甚至，你还在考虑，如果他重回你身边，你该怎么开口。

总之，你没有向前看，思考如何走出恶性循环。

如果总是回忆和懊悔过去，你将永远停留在过去。所以，忘记吧，不过这确实需要时间，我很抱歉。但我希望你不会再需要另一个一年，那你付出的代价就太高了。

男朋友和最好的朋友

如果我们曾经是最好的朋友？

亲爱的葛瑞哥：

　　某天夜晚，我最好的朋友布莱恩喝了很多酒，他说，他其实一直爱着我。要知道，他可是我最好的朋友，是所有男朋友和女朋友中最好的那一个。我们的友谊持续七年了。一开始，我不确定是否应该将我们的友谊转变为爱情。可后来，我想想，在这个世上，我最想在一起的人就是他，再没有别人。于是我们很快坠入爱河。最初几个月，所有事情都很美妙，我不禁暗自感叹，"天哪，我竟然要和我最好的朋友结婚，过一辈子"。但是，好景不长，几个月后，他告诉我，我们更适合做朋友，还是回到从前的样子更好。我懵了！我已经不可救药地爱上了他，很难再回到从前。在理论上，如果他还像过去那样，告诉我他和某个女孩约会的细节，我会死掉的。我告诉他，我不可能成为他的朋友了，一刻也不能。此时此刻，我经历着一生中最为痛苦的时光，我不仅失去了男朋友，更重要的是，我还失去了最好的朋友，那个曾经无话不谈的好友！没有他在我生命里，很痛苦。你觉得，如果这件事发生在你身上，不仅是男朋友，连最好的朋友也不在你身边了，你又能怎样？

琼斯

亲爱的"男朋友和最好的朋友"：

去见你信任的最好朋友。其实最好的朋友是你自己。人们在分手后都想继续做朋友，最终还是不可能。我也许说错了，但是作为一个最好的朋友，他不该让你感觉糟糕透顶，让你每见他一次都伤心。所以，不要再继续了。我相信，这和在酒吧里面戒酒一样难。如果你不把这些回忆抛到脑后，那痛苦只能持续更久。记住，生命漫长，如果你们真的还可以做朋友，在将来某一天又会走到一起，但肯定不是现在。事实残酷，停止打电话，拒绝和他接触，尽快开始照顾和保护好自己。你越早离开，那你们就越有可能尽早恢复友谊。这时候，你必须了解，你其他的朋友和家人也是生活的重要部分。心碎就心碎了，你最要好的男朋友已经从朋友群里面咔嚓掉了，这不全是坏事，你的女朋友终于有机会成为你最好的朋友了。

订了婚的女孩

如果他自暴自弃怎么办啊？

亲爱的葛瑞哥：

　　我和我的前男友同居三年，总共相处五年了。

　　几个月前，我们订婚了，并开始为结婚做打算。我们曾经在一起拥有的激情，是你难以想像出来的，周围所有的朋友都十分羡慕我们。我曾骄傲地以为，如果世界上有两个人注定要在一起的话，那就是我们。你可以想像，当他某天告诉我，他正见别的女人时，多么让人难以置信。我曾有的骄傲全没了，我觉得天塌了。

　　当然，是我结束了婚约，然后把他赶出了家门。但我认为，他或许只是不想和我结婚，于是就拿那个女人当作破坏我们计划的借口。

　　他现在仍跟她在一起，但我知道他并不爱她，那他到底是怎么想的呢？

　　　　　　　　　　　　　　　　　　　　　克莱特

亲爱的"订了婚的女孩"：

首先，他不是在"见"另外一个女人，他是和那个女人睡觉。

我所有的时候都在见女人，这也是我们通常都在做的事情。但这点绝不可能影响到伟大的恋情。这是我的观点。

行胜于言。他的行为已经说明，他可以和另一位女士去参加裸体聚会了。如果某位花花公子一不高兴就去和别的女孩睡觉，你最好还是别跟他掺和在一起了，这样你既可以避免一辈子伤心，也会降低染上性病的几率。

很抱歉，其实他已经给你答案了，所以睁开眼睛，好好看看正在发生的事情吧。把方向盘转一百八十度，向反方向前进。

记住，之所以分手，是因为从某种意义上来说，你们的关系已经破裂了，尽管你现在还不能接受，这不是谁想让步就可以回到从前的。

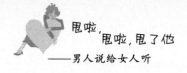
私人来电

如果他不知道是我打电话给他

亲爱的葛瑞哥：

我给别人打电话，对方电话上只会显示"私人来电"四个字。所以，即使我打一千遍，他也不知道是谁打过去的。有时候，我就是想知道他在不在家，有没有和另一个女孩出去约会。而他联系不上我，因为我把他的号码列上了黑名单。这样做是不是很不好？

施奈德

亲爱的"私人来电"：

你认为他不知道那是你在不停打电话？哪怕你有一纳米秒的时间这么想，一定是早上吃了一大碗"自欺欺人"的糊糊。你这样做，只会让他更加肯定你们不能在一起。是不是很不好？我想你该先问问自己，你在用每小时，每天，每周，甚至每个月，去成为一个电话销售员，而不是重建自己的生活，你自己有什么感受？嘿，还是甩掉你的电话，奔向新生活吧。

饥饿人

只有吃东西才会让我感觉好过些

亲爱的葛瑞哥：

　　我的未婚夫和我分手了，而我现在没办法停止吃东西。这是惟一使我感觉好过的事情。

　　他和别的女人约会了，仅仅在跟我要回订婚戒指后一个月。我一辈子也没这么愤怒过。

　　我们仍然能够见到对方，因为以前一起买了房子。每次他带着新女友出现，我都会撞见他们。这是何等的伤害和羞辱，我只能跑出去躲在车里，拿着一包薯片，一边吃一边哭上个把儿小时。我感觉到心都碎了。

　　救我吧！

妮科儿

亲爱的"饥饿人"：

　　放下薯片，擦掉眼泪，还有，把手洗干净。

　　我完全明白了。我也爱吃薯片，尤其是加盐和醋

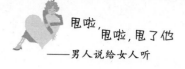
的。我知道它们带来的快乐会让你暂时忘记痛苦，至少短时间内是这样。但这会对你自尊心造成难以磨灭的恶劣影响。

没有比对一段失败的感情感觉更糟糕的了，但你必须要面对连裤子纽扣都没力气扣好的问题。如果是我用根儿绳子系住裤子在城里漫无目的地晃荡，那感觉一定像走在末日边缘。想从分手过程中吃出一条路来是行不通的——相反，你只会变得更胖，更伤心，也许你已经深有体会。

总是和前男友还有他的新欢碰面，你只能更强烈地感受到被抛弃的现实。

不能这样被动，尝试掌控局面吧。从眼不见他们开始。

派一个朋友、律师、房地产经纪人替你处理买卖，不能在痛苦中断送自己的美好未来。

最好的人

如果他没有认识到错误怎么办？

亲爱的葛瑞哥：

　　我的前男友根本不可能找到一个比我还好的人。他在和我分手时也承认了这一点。我们分手已经六个礼拜，我快疯了。如果他真的知道没有人会像我那样去爱他，那他为什么一定要离开？

哈奈特

亲爱的"最好的人"：

　　漂亮的女士，他已经离开了，但不是去做教士。也许他真的再也找不到像你那么好的人了。不过，他嘴上那么说，很可能是因为他很快就要离开你，从这段感情里解脱，而这么说能给你一些心理安慰。"我再也找不到比你更好的人了"，真正的意思是"我仍然认为你很好，但是我不想要了，所以请不要哭泣"。听着，不要被假相迷惑，这种话也能不假思索地相信吗？最好的你应该去找一个更好的男人。

● TIPS: 你应该学会的，默念于心吧

▼ 劈腿族绝不会有当道的一天，因为这种人烂透了。

▼ 出轨就是出轨，无论对象是谁，次数多寡都一样。

▼ 如果你们对婚姻的看法不同，那你们还有什么地方看法一致呢？值得你列个清单看看。

▼ 不跟害怕讨论未来的男人交往。

▼ 无论如何都不要把宝贵时间浪费在一个早已拒绝你的男人身上。

▼ 犯不着一直提醒他你很棒。

▼ 出轨一次比一次容易，只有第一次最难，只有第一次会因为背叛了某人的信任而受到良心谴责。

Chapter Six

谁才是你的 Mr. Right

他并没有那么美好。朋友们的话是对的, 所以他们每次都能列出他的几十条罪状。因为目击了发生在你身上的悲剧, 他们有发言权。

现在, 你不能再重新坠入玫瑰色虚幻的世界。睁大眼睛, 看清谁才是你的 Mr. Right。

或者你以为终于遇上了梦中情人: 他出生于大家族, 是医生, 喜欢孩子, 对待你像公主一样。啊, 他真是太完美了, 成功、体贴、有经济保障。然而, 几次约会, 你们就没戏了, 他觉得你不够性感, 或者觉得你不能从容应付大家族的一切局面。

你呢? 为错失了这个为你量身定制的男友懊丧不

已。但是，亲爱的，你似乎被他的外表拴住了手脚。一个男人，不可能尽善尽美，就像女人也不能尽善尽美一样，只要有一点瑕疵，他就不能算是完美的。何况这个瑕疵是，他忽略了你的聪明美丽。

一个不懂得欣赏你个性的人，怎么可能成为你的白马王子呢？你们在一起，他在自己的光环中备感优越，挑剔你做的事，说的话，穿的裙子，还有你的发型。他怎么能和你算天造地设的一对？

一个不爱护你，不欣赏你的人，一定不是你的**Mr. Right**。

不要灰心，说不定，下一个遇到的男孩，就是你的真命天子。

如果他不整个是你的，那么，他还是别人的。

好哥儿们女孩

也许他不想毁了友谊

亲爱的葛瑞哥:

我好失望，觉得自己快要伤心得收拾不起来了，葛瑞哥。

我有个朋友，我们虽然不在一个城市的同一片天空下，不涉情爱地来往了四年左右，可关系相当不错。最近他到我住的城市来出差，我们约好一起吃晚饭。突然之间，我们好像是在约会，他跟我打情骂俏，甚至还在询问近况的时候，半恭维半调情地说:"那你还在当超级名模喽?"而我恍惚之间有点为他的这种态度心动了。

晚餐结束后，我们两人都同意要尽快再聚聚，实际上我们是有些迫不及待了。

好了，葛瑞哥，我之所以失望是因为当我满怀期待地巴望着下次见面时，已经过了两个礼拜他都还没打电话给我。我该打过去吗? 他是不是有点害怕让友谊转变成恋情? 我现在应不应该推他一把? 毕竟现在

这样子既不算朋友又不算情人。

裴蒂

亲爱的"好哥儿们女孩"：

两个礼拜又不是四年零两个礼拜，你感觉再漫长也不过是两个礼拜。

不过这段时间早够他决定是否要跟一个女孩约会了，尤其是外表如名模的一个女孩。你该不该像个好哥儿们一样推他一把？我看还是算了，这一推搞不好还把他原本要打给你的电话给推掉呢。干脆还是把他推开吧，他要是对你们的晚餐有特殊感觉，两个礼拜的时间也够他想清楚是不是要对你发动攻势了。

所以，答案是他其实没那么喜欢你。

说一件你不愿意知道的事实，只要最后能拉你上床，管他能"爽一次""爽两次"还是把你变成固定的床上女主角，他才不在乎会不会毁掉友情。男人根本管不了那么多的。还是赶紧去找一个在电梯口和街角总能碰巧遇到的浪漫情人吧，他既懂得欣赏你又懂得迷恋你的模特身材，还懂得哄你开心。

我不愿给你们留下总爱兜头泼盆冷水的印象，可是既然你们信任我，那我就要负责任，对不对？"我

不想毁了我们的友情"这种借口根本就是骗人的玩意。这句话能无往不胜，杀人不眨眼就是因为听起来很理智。

性行为当然会毁了友谊，把朋友们统统都变成男男女女。可惜，自打人类有史以来，利用这个借口的人从来都是有口无心。

我们要真迷上了谁，绝对是什么也顾不了了，我们会贪得无厌。只羡鸳鸯不羡仙，谁还记得要做圣人啊。要是我们迷上了某个朋友，我们会想更进一步，想得寸进尺。

所以，拜托，千万别糊弄自己说他只是"害怕"。你知道他其实真正害怕什么吗？

他怕的是让你发现他没那么迷恋你。

枕边私语

也许他想慢慢来

亲爱的葛瑞哥：

有个男的老是打电话给我。他刚离婚，正在戒酒。也许听起来他的过去很有些麻烦，可这证明他想从头再来呀。最近我们常联系，深更半夜煲电话粥，煲到电话发烫，有个礼拜一块儿出去，感觉真的很好。我们既没有打情骂俏，也没有卿卿我我，什么都没有，可是我们都能感受到那种跟异性在一起的愉悦。从那之后，他仍然常打电话给我，却再也不提见面的事。真的，是那种绝口不提，就好像他给什么吓着了。

我能体谅他，你看他刚离婚，又要戒酒，又要开展新生活，总得让他缓一缓吧，可他又不断打电话给我，知心话讲个没完没了。我可不想做专听他肺腑之言的红颜摆设，我到底该拿这个家伙怎么办？

褒曼

亲爱的"枕边私语"：

很遗憾，就约会障碍来看，不想见面这块障碍只怕像太平洋那样难以逾越。至于你帮他找到的理由，那个什么刚离婚，又要戒酒，又要开展新生活等等等等的部分，哦，我觉得好生没有意思。你先自说自话，我要去小睡片刻。等到一觉醒来，我八成有兴致告诉你，你的那个他正在慢慢掌控你们间的关系，当然也在掌控他自己的生活。可说破了，他还是不邀请你约会，无论你帮他找了多少借口，他就是没有约你出去。当然这有点失败，不过你也不用懊恼。如果你这个人对电话恋情就很知足的话，那就继续！不过依照目前形势看，他其实没那么喜欢你。只要你抱着维持友谊，忍辱负重的心态，可以继续跟他做朋友，否则的话你就该转移阵地，把浪漫情怀奉送给那些懂得怜香惜玉的人吧。

男人要是真心喜欢你，无奈又有不得不慢慢来的苦衷，他会立刻让你知道，先在你心里占下一席之地。他不会让你悬着一颗心，因为他自己也要确定你不会因此而心灰意冷，转而另觅良人。那最后受伤的是他自己。

真的真的

他才结束一段感情

亲爱的葛瑞哥：

　　我真的真的恋爱了，可说不上是该高兴还是该悲伤。我最近跟一个非常要好的朋友上床了，他才刚摆脱了一段恐怖的婚姻。因为他需要时间和空间来克服婚姻带给他的伤痛，他很清楚地表示，不要对他有任何期望或要求。不知为什么，我竟然应允下来。现在他希望能来去自由，他便能来去自由。我们已经交往上床半年了，我不能开口跟他说我有多么想念他，什么时候能见到他。男欢女爱各取所需，他倒是如愿了，我落得个苦不堪言。可是一想到会失去他也同样让我痛苦，我就又犹豫了。我不喜欢陷入这样的无奈，可转念一想只要坚持下去，就是石佛也能被打动啊。你不知道，我现在天天念叨"精诚所至，金石为开""精诚所至，金石为开"，可是坚持实在好难好难。我该怎么办？

邓肯

亲爱的"真的真的"：

　　我们来谈谈什么是真正的好朋友，什么是一段伟大的友谊。应该说你太无私了，做出了巨大的牺牲。他当然享受这样的安排，在他婚姻触礁，各处倒霉时有你这个好哥儿们陪着，确切地说，你是招之即来挥之即去，他乐得一直跟你打友情牌。他只需要应付朋友的期望，而不是男朋友的责任。毕竟，身为他的好哥儿们，你总不会在他"克服伤痛"的时候还来雪上加霜吧。现在所有的王牌都在他手里捏着，有个好哥儿们，必要的时候还可以当女朋友用，想见的时候就见，不想见就不见。

　　当然，我们应该理解他才出围城不敢再入的恐惧，可对你而言他未免太过分了。他也许是你要好的朋友，但我还是得说，作为男朋友人选的话，他恐怕不合适，因为他其实没那么喜欢你。

　　请注意"朋友"这个词。我很鄙视那些玷污这个纯洁词语的人们。男人用它来作掩护逃避责任，也要它作理由让爱他们的女人原谅那些最不符合友情的行为。就我自己来说，我喜欢那些不会害我哭着入睡的人做朋友。

好眠二人组

可感觉还是很好

亲爱的葛瑞哥：

　　他跟我说过，他不是个从一而终的人，那是我们第一次约会时候说的。他压根儿就不相信什么一夫一妻制，但犹豫片刻后我还是跟他上了床。后来我明白跟他约会是浪费感情，就告诉他我不能再跟他出去了。可现在我又好想他，忍不住要跟他在一起。结果现在我们就变成了很奇怪的一对，我们出去约会，一块找乐子，时不时也一起过夜，没别的，相拥入眠。感觉真好。我们一块做晚饭，看电视，一起嘲笑某某主持人的口误，一起对某某明星的穿着评头论足。真的很默契亲近，多想就这样一生一世。他确实没有进一步的要求，我们只是害怕孤独，喜欢彼此做伴。我知道不该有什么奢望，但我又觉得像是他的女朋友，谁说得准将来会怎样呢？我爱上了早晨跟他一起醒来的感觉！你说我们一直这样下去有什么不妥吗？

波姬小丝

亲爱的"好眠二人组"：

　　我来看看啊。正在跟你约会的人说他是个花心大萝卜，你听了还嫌不够难过，还拼命给自己找罪受。像他这样八面风流的人物他很可能同时跟不少女人交往，你却继续跟他见面。现在你倒觉得像他的女朋友，只不过少了当女朋友的甜头，这个结论连你自己看了恐怕都要发笑吧。连性爱都没有，你是在尝试柏拉图式的恋情，还是拿自己的感情来做什么诡异的科学实验啊？别搞错了，居里夫人，我知道有人做伴很好，早晨跟你喜欢的人一块醒来感觉很好。这样的话岂不是简单，去养只宠物好了。上帝制造宠物就是在告诉我们："因为寂寞难耐就降低标准。"你显然很清楚自己的底线，你不愿意跟别人共用情人。另外，这种事原本就不该愿意。说实在的，你应该有自己的男朋友，可以自在安全地跟他做爱。

　　老观念说女人想要抓权就会用性当手段，也有人说要抓住男人的胃。看来男人似乎也精通这种伎俩。有免费牛奶可以喝，何必买头母牛回家呢？不要再死脑筋了，问题就这么简单。如果有个男人跟你躺在床上，开心地吃饼干、看老电影，而他又不是同性恋，那他就是没那么喜欢你。

爱猫人

我是个烂好人

亲爱的葛瑞哥：

一星期前我们还是情人，卿卿我我；一星期后我们就是熟悉的陌生人，分道扬镳。分手是他提出来的，不是我想要分手。

现在他要回家乡去照顾需要手术的母亲，于是我自愿帮他照看两只猫，因为我很爱他的猫。他接受了，一点也没有犹豫。也许他真的很感动，我竟然一点都不记仇。朋友说我是白痴，我觉得他们太小眼，这有什么呀。我们在一起三年，哪里能说不关心就不关心呢，再说他的猫又那么可爱。

波曼

亲爱的"爱猫人"：

想都别想让我赞成你。

三年了他都想不通你就是那个可以让他过人间天上生活的女人，几罐猫食就能敲醒他的石头脑袋了？所以，等他照顾他母亲开完刀回来之后，你何不也动

个手术，把他从你的生活里给彻底切除掉？交还他的房子钥匙，再把电话簿黄页上头最显眼的宠物旅馆号码抄给他。别傻了，帮他喂猫并不能换回他的感情，就是你去帮忙照顾他老妈也没办法夺回女友的地位，只会让你变成他的女佣。

　　别把有格调跟当踏脚垫混为一谈。有格调是把头抬高，优雅的、有尊严的转身走开。当踏脚垫是自愿受辱又没有感情回报，说不定还赚得他的轻视。

干脆走开，蕾蕾

难道我连对他吼叫都不行

亲爱的葛瑞哥：

我们的感情维持了三个月，至少我敢说那时候我们是认真的。然后他就失踪了。

开始好几天没有他的消息，我很担心，于是打电话给他最好的朋友，他说我男朋友又跟前女友复合了，现在已经搬进她家里，同吃共住。我心里清楚他不是那么死心塌地地喜欢我，可是我们交往了三个月，难道我还没有权利知道他怎么能做出这种没良心的事？

我觉得确实应该让他吃吃苦头，免得他弃了前女友又来伤害我，不知哪天还要伤害别人。

蕾蕾

亲爱的"干脆走开，蕾蕾"：

你百分百有权利知道他是怎么搞的。

可是你知道吗，他早就明白你会气个半死，可是

他用不着心疼你。别忘了，他虽然是个天字一号大浑蛋，可不是白痴。这事儿从头到尾根本就是他一手策划的，所以他才会闷不吭声演出失踪记，害你担心他死了。

不过，他绝对想不到你用不了多久就可以把他跟他的卑鄙抛到脑后，完完全全地忘记，你确实应该让他在你心里死去。那怎么让他知道你更加不在乎他？很简单，永远永远不要跟他说话，也不要去他朋友那里探听他的任何消息。

P.S.：他可能暂时逍遥自在。可是不管他走到哪里，他都还是一样的浑蛋，而且很快就被人们发现他的浑蛋面目。

大声吼叫

不会总这样的

亲爱的葛瑞哥:

我跟一个学医的人约会。他工作过度,体力不支,所以也特别容易上火。要是我不小心弄错时间叫醒他,他就会大声吼叫。最近他又对我尖叫,因为他觉得我打扰了他准备大考。但愿这只是过渡现象,谁叫他念的是医科呢,谁叫我是一个医学院学生的女朋友呢。

我们当初开始约会的时候,他可不是这个样子。不过那时他还没进医学院,他既温柔又体贴。现在他总是对我乱吼乱叫,过一阵子又觉得不好意思,会跟我道歉,说他的压力有多大,叫我务必要体谅他。正是这些,叫我确信当初我认识的那个人迟早会回来我身边。

你的看法呢,葛瑞哥?

舒尔茨

P.S.:我一直就想嫁给医生!

亲爱的"大声吼叫"：

　　我才不管他念的是哪一科，将来可不可能成为救世主。不管怎样都不能对别人大声吼叫，除非是大声警告别人"小心那辆车"！而且，这也不是什么过渡现象，这只是一段正在变坏的感情，和一个正变得越来越糟糕的男朋友。

　　会大声吼叫的人都有情绪问题，尽管他是医生却仍然有必要去看医生。会大声吼叫的人都认为自己有权对别人乱吼乱叫。

　　我说，小姐，你当真愿意跟他做那种夫妻吗？就是那种当丈夫的一天到晚对老婆鬼吼鬼叫，恶言恶语狂轰滥炸的？这样的人当你孩子的爹你真的放心吗，真想好了？

　　我看不见得吧。别痴心地以为变身博士会恢复他善良的本性，快点去找一个真正懂得照顾别人的好男人吧。

充满错觉的你

如果他不能
跟另一个女朋友分手呢？

亲爱的葛瑞哥：

我和这个家伙已经约会四个月了。他任何方面都让我非常着迷，我们有着那么多的共同点，我们的性爱也完美无缺。他对我的狗关怀备至，我加班很晚时，他还会特意到我家帮我遛狗。

我敢断定，有一天他一定会成为一位伟大的父亲。原本我坚信我们正朝着这个方向努力。直到一天晚上，我特意从中国餐馆为他定了外卖，准备送到他的住处，竟然发现他和他的女朋友在一起。我，我一直以为我就是他的女朋友！他向我解释，他真爱我，但他和那个女孩已经相处了很久，的确不忍心抛弃她。他发誓会处理好这件事。

难道我就因为这件事情放弃他吗？

他和我都不希望让我们曾经拥有过的幸福时光从此消失。于是，我同意了他的想法，但是，我做了申

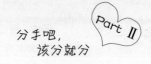

明，在他没有了结这件事情之前，我是不会见他的。可是，一个月过去了，他的誓言是白发了，还是没能和那个女孩分手。

他是如此善良的一个人，硬不起心肠去跟那个女孩说分手。不知道到什么时候，他另外那个女朋友才能意识到，其实他并不想和她在一起。我希望她能早点醒悟过来。

海瑟薇

亲爱的"充满错觉的你"：

按正常的逻辑，我会立刻说："赶紧离开他吧！"但是，这个家伙确实有个很大的优点，那就是对你的狗非常好。至于其他方面，就毫无可取之处了。现在确实很难找到像他那样对狗这么好的男人了。所以，如果你很在意这点的话，可以继续等他，但如果不是，请马上清醒过来！

依我看，应该醒悟过来的不是那个女孩，应该是你。她才是拥有男朋友的人。你现在要做的就是，拒绝成为你这个男朋友"女士自助餐"中的某一碟菜。你不应该只是一道配菜，而应是主菜。

不要误解我。爱狗的人是很棒的，但作为一个男

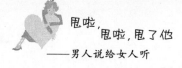

人，他应该有主见，还需要有其他一些重要的优点。好不是靠说出来的，而是靠行动做出来的。

你应该再花点时间来思考你在这三角关系中的处境，或者读一读你给我写的信，就会明白，这个很一般的男人在欺骗你，欺骗了你对他的信任。事实上，他根本不配得到你的信任。他是一个懦夫，一个背叛者，而且同时背叛了两个女人。

很明显，他对你的感情最多也就是摇摆不定，否则他会在很早以前就离开那个女人了。

●TIPS：你应该学会的，默念于心吧

▼ 除非你完全地拥有他，否则他还是别人的。

▼ 他自己照顾得来自己的猫。

▼ 不要跟害你觉得一点也不性感的男人约会。

▼ 不跟心地不好，脾气火暴，不懂得爱的男人交往。

▼ 你够资格找一个总是待你很好的人，当然你也得对人家好。

▼ 就让他对他老妈大吼大叫吧。你可是大忙人。

▼ 没什么好留恋的——他不过是个混混儿。

Chapter Seven

最好的坏消息

　　最好的坏消息是，你和那家伙从此没有瓜葛了。

　　因为你爱他，就像爱上了自己愚蠢的想法，以为他就是白马王子。就像巧克力糖果上瘾，你总是无法自制地给男友打电话、发邮件或者即时聊天。可现在他再也不希望接到你的电话。你也不能再打电话上瘾了。我知道你处在水深火热之中，感到前所未有的绝望。可是感情破碎了，不代表你也破碎了。

　　事实上，地球还在运转，你不会消失，食物还是像从前一样可口。你不但有足够的时间去联系朋友，还可以一个人独享大床的自由和乐趣。最重要的是，那个家伙再也不能浪费你的青春，耽误你的前程。你

将不会再承受遇人不淑的煎熬，也不用天天猜测他到底想什么。

现在，你真的解脱了，问题是，你必须让自己感受到这重新回来的自由，甚至庆贺一番。

单身意味着，某个优秀的家伙可以有机会拥有你了。而你可以找一个真正愿意和你共度此生的人。

难道这不是好消息吗？

你捡到了柠檬

我只是要个答案

亲爱的葛瑞哥：

我们好了半年了吧，记得上次去加州旅行，玩得很开心很忘我。回家以后，我上班，他到波士顿去看望家人。

我想知道他有没有安全到达，就打电话过去，他母亲告诉我他到佛罗里达去看朋友了。我以为他听到母亲的转述后应该打电话给我，可他没有。从此我就再也不知道他的下落。

我很伤心，坚信自己必须跟他谈一谈。

我尤其受不了他这样不明不白地就消失了。这到底算怎么一档子事儿啊。所以，我就一定要想办法把他挖出来，当面对质把事情搞清楚，要不我就永远不能安心。

你会嘲笑我的想法吗，葛瑞哥？

斯佳丽

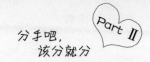

亲爱的"你捡到了柠檬":

　　你有权知道怎么回事吗？当然。

　　你有必要把他挖出来问个究竟吗？没必要了。

　　算你运气不错，省去了印刷张贴寻人启事的麻烦，我可以告诉你是怎么回事。你遭遇了全世界最烂的大烂人。

　　真不知道他要说什么才会让你死心，恍然大悟般地惊呼:"喔，原来这个死人一句话也没说就离开我，谎称回家却跑到佛罗里达去看朋友，从此鬼影子也没一个就是为了这个啊!"

　　不过，我相信，无论他说什么，你都不会满意的。因为惟一让你满意的答案就是他重回你身边。连你自己也知道，那好像太不现实了，剩下一个解救自己的好办法就是，别再花一分钟在他身上了。连骂他恨他都不要。

　　你捡到了柠檬，可惜是个烂的，丢掉就是了。想拿他做柠檬汁？没那么抬举他。

　　P.S.: 要是我有机会到佛罗里达，会帮你狠狠地踹他一脚。

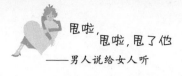
斤斤计较

他完全是一片好意

亲爱的葛瑞哥：

也许，体重对很多女孩子来说都是要命的问题。我绝对能够体会她们的苦楚，因为我自己就一直有体重问题，几乎所有活着的时候都在跟体重你死我活地斗争。

我的男朋友非常明白我的处境，而他自己又是个健身狂，非常讲究饮食结构。他会告诉我什么该吃，什么不该吃。要是我想偷吃，他就跟我说我吃下的东西立刻就会堆积到我的肥屁股上。他会让我知道我是否又胖了，但在我减肥有效，身材较好的时候他也能敏锐地感觉到，然后告诉我。就凭这些，我也有理由认为他很棒啊。

可是为什么我朋友却都觉得他对我很坏？

你看呢，葛瑞哥？

碧姬·芭铎

外婆的话没错儿，男人有了电视就不会老想着女人了。

亲爱的"斤斤计较"：

　　如果你觉得他像是你专用的健身教练，我倒觉得他是专门来欺负你的人，估计你那些朋友和我的看法一致。

　　你可别忘了，他是你男朋友，不是可以对你挑三拣四然后再吆三喝四的人，他应该懂得欣赏现在的你才对。不过他倒是很聪明，知道你对自己不满意，马上就加以利用。痞子专挑比他们弱小的人下手，你男朋友就是这种，何况好男人从不欺负女人。

　　该是你运用肱四头肌和腿筋的时候了，从他身边跑开，永远别回头。

　　有很多行为都称得上虐待，当然这些伤痕不在你的脑门儿上，而是在你的心灵上。他害你觉得自己又胖又丑，害你觉得自己不如人，这样他就可以随便控制你了。要是有人蓄意让你觉得自己一文不值，你会以为自己不值得被爱。

　　由别人来告诉你必须斩断情丝，只怕你不一定识得好人心，也不一定感受到问题的重要性。如果你明白自己够格得到更好的感情，我想那才是真正良好的开始。

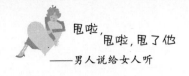
萨米

也许他还会回来

亲爱的葛瑞哥：

我男朋友和我彼此非常相爱，但是对生活的期望不太一致，我想要孩子，而他不想要，所以我们决定分手。虽然，我们很友好地决定分手，而且这个决定是双方共同做出的，但由于分手原因不是因为缺乏爱和忠诚，所以我们还是很难过。

我仍然爱他，而他也仍然爱我，但是我们谁也不愿意在孩子的问题上让步。我确信，当我们分手之后，他认识到，他无法接受没有我的生活。或许，当他尝过一个人生活的痛苦滋味后，他会改变不要孩子的想法。

我非常痛恨分手这个决定，但是我想（和他）生孩子。如果我不坚持这点的话，我知道我会一辈子后悔的。这个问题既折磨我，也折磨他，是吗？

萨米

亲爱的萨米:

　　你是对的。当恋爱关系终结不是因为缺少爱或者忠诚的时候,确实是一个很大的打击。事实上,你也清楚地知道这一点,生活中保持某些重要问题上的意见一致,和爱与忠诚是同样重要的。是否要孩子,是一个非常重要也非常私人化的决定,这和我们争论哪种颜色更适合我们的房间有着本质的区别。

　　作为一名父亲,我想告诉你,对我来说,有个孩子是我所知道的最伟大的事情。如果生活没有给我做父亲的机会的话,我会充满遗憾。不过这是对我而言。你应该听清楚自己内心的声音,到底希望生活给予你什么。对于真正想要的东西,你心底的声音会越来越大声地告诉你。对他来说,他也许也同样被这个问题折磨着,但很明显的事实是,他听见了自己的声音,知道他最终想要的是什么,这个声音就是"我们不要孩子"。

　　所以,你们现在分手是一件好事,因为这是迟早要发生的事情。想要孩子的男人多的是,所以坚强地抬起头,把这颗饱受折磨的心打开吧,等待愿意和你共同养育后代的人。

● TIPS: 你应该学会的，默念于心吧

▼ 空出一点地方来给那些你理应得到的美好事物。

▼ 世界上有很多单身的帅哥，找一个约会吧。

▼ 自己已经够难过了，犯不着再找个难搞的家伙一起过。

▼ 一刀两断，让他来想念你。

▼ 如果你们对是否要生孩子看法不同，那你们还有什么地方看法一致？值得你再三思考。

▼ 不跟害你觉得一点也不性感的男人约会。

▼ 再说一遍，除非是他清醒的时候说的，否则就不算数。要是喝过比葡萄汁更烈的饮料才说一句"我爱你"，无论是在法庭上还是生活中都是站不住脚的。

Chapter Eight

七戒，女人的银子弹

俗话说，旧的不去，新的不来。不管过去经历过多少挫折，犯过什么错误，你可以随时开始新生活了。让那个超级悲伤的你成为过去。我们也曾为爱沉迷过，为爱挣扎过，质疑过，哭泣过。但现在，我们要找回失去的快乐、安全感、自信心和理智，甚至还有心爱的 T 恤衫和钟爱的 CD。你会发现，很久没什么事情都为自己考虑过了。现在，你们变回了你，不必再顾虑他的感受。这个转变一定会让你觉得自由和惊喜。朋友们发现，你还是原来那个可爱的、妙语连珠的你，他们仍然愿意接受你"撒点小娇"或者偶尔卖一下乖。生活真美好。

记住这七戒，它们是你的银子弹，帮助你在失意的路上一一撂倒对手。它们还会让你在奔向白马王子的怀抱时，所向披靡。

戒律一：六十天内别去看他，也不要和他说话

六十天？是的，六十天。但是……没有但是，漂亮女孩！我们知道这段时间看起来很长，的确如此。但如果说，有人需要"他+毒瘾"，那个人就是你！让他从你的视线中消失。如果你们不联系的话，他就不会像从前那样，整天在你脑袋里、心里纠缠着你。此外，制定了这个六十天的规则，让你有机会重新获得控制权，因为你曾经被剥夺了对局面进行控制的能力。开始做决定吧，我们不在乎他是否希望继续做朋友，或者他那里是否还有你的东西，或者你们是否有可能旧情复燃。从现在开始，让所有这一切停止两个月，等你进一步了解了事实，再回头处理。很可能，到了那个时候，你根本就不会在乎是否还要跟他谈谈了。我们只是想，让你处于有利的地位，然后轻松走出艰苦的日子。

两个月，六十天，一千四百四十个小时，八万六千四百分钟，很多很多秒，也许你等到的是一个不可思议的结果。

戒律二：给自己选一个分手伙伴

"这是怎么回事？" "难道要让我对着一个荒谬可笑的治疗玩具诉说我的三千烦恼？我是不会买这玩意的。"别紧张，是我们想当你的分手伙伴不是玩具。在这段艰难的分手时光里，没有比一个热心肠朋友的耳朵和心更能安慰你了。在你无助、寂寞的时候，他们能陪你聊天，陪你吃掉两大桶的炸鸡块。

"我不会用这些烦人的事情来打扰任何人。"你是如此多愁善感，宁愿把所有的事情都藏在自己的心里。不过，请接受我们的劝诫，如果你选择好友来倾诉的话，他们是非常乐意的。你的絮絮叨叨绝不会吓倒他们。"但是，我靠自己也能处理好。"是的，我们相信你能，但梵高这样做，遭到了女友狠狠的一巴掌，然后，他削了自己的耳朵。

坦诚地对朋友说吧，"我的生活已经被击成一地碎片，能不能把它们重新收拾好全靠你了"。我相信你都被自己这话逗乐了，相信他们会带你走出生活的

阴影。

戒律三：扔掉他所有的以及所有让你睹物思人的东西

是的，你们拥有许多美好回忆。如果你总是这么想，即便五年过去了，一旦发现他的东西，你还是会陷入对往事的回忆。回家收拾你的屋子吧，扔掉那些能让你想起他的东西，相片、衣物通通扔出去。

记住，你没有时间再怀念过去。和任何有关过去的东西分开，那只不过是一些没用的物品。眼不见，心不烦。

或者把你的房间一分为二，重新安排，装修一下，这些不同的视觉感受，会帮助你克服空虚感。你真不一定非要搬出去，非得花大量的钱去找个新住处。我们只是建议你重新摆放屋里的物品，把沙发摆到房子的另一边。把所有的橱柜和抽屉都清空。半夜醒来，去洗手间，你可能因为环境陌生，碰伤了膝盖，但伤口愈合后，你发现自己坚强多了。

还他的 ipod，还他的 CD，还自己一个自我。

戒律四：让自己每天运动起来

你需要运动。分手产生的一个副产品是你拥有了大量的业余时间，如果对这些时间使用不当，你就会堕落。你需要动力来过渡分手后的这段时间，而能保持活力的惟一办法就是让自己运动起来。

开始行动吧，我们建议你每天四处转转，当你被空闲和无聊包围的时候，消极地待在家里不如去寻找一些新方法消磨时光，那要容易得多，也有益得多。在人们受伤的时候，他们倾向于变得内敛，很自然的行为是找一个洞躲起来。但是，能够让你从分手中走出来的关键所在，是通过相反的行为来克服和战胜以往的惯性。当你觉得想爬上床睡觉时，有必要打电话给朋友，让他们帮助你走出家门。不要再坐着不动，沉浸于过去的回忆，而是应该做一些使你坚强、愉快的事情。你可以出门狂奔，也可以仰天大笑，只要别窝在家里就好。

戒律五：不要让你的分手变得天下皆知

一件衬衣，一条短裤，或者一条漂亮的裙子都是安全的选择。但是穿上这些衣服就可以了吗？其实自

信心是最重要的。如果总是犹犹豫豫，你就会丧失一颗骄傲之心，自然而然，你也就不会在意自己的外表了。但是，就这样过一辈子吗？命运已是如此恶劣，破罐子破摔吗？错了，不要继续沉浸在悲伤之中！在分手后的关键时刻，做一个超级英雄，彻底改装自己。在危机和苦难面前，只要能够寄希望于未来，到最后，你会发现，自己达到了所有人都未曾领略过的健康、完整、震撼的境界。

不要让你的分手变得天下皆知，也就是说不要再在公共场合下失态或者发脾气。不要再在你的桌子前痛哭，不要在讲电话时大喊大叫。把自己打扮得漂漂亮亮的，难道走在街上的百分百回头率还不足以安慰你失落的心吗？我已经看到有许多人开始垂涎你的美色了。加油，靓女，去赴一场新的约会吧。

戒律六：不要走回头路

分手是痛苦的，再次分手就更痛苦了。所以你能想像分手、再分手、再分手是多么痛苦。这就是为什么我们说"不要回头"的原因。和你的前男友重续前缘将打破你分手后走上正轨的进程。再次将你推进你竭尽全力想挣扎出来的痛苦深渊。这好比一个正在愈

合的伤口又重新撕裂了，鲜血直流，疼痛难忍。

回头意味着什么呢？基本上，任何破坏六十天规则的联系，都属于"回头"。当然，这远非世界就要毁灭那么严重。但是回头将使你为克服分手痛苦所做的努力前功尽弃。在你见到他，或跟他讲话，或为他宽衣的最初几秒里，你可能会感觉良好，觉得幸福又回来了。但最终，它只会使你再次陷入混乱，再度痛苦。

你想他，你想见他的念头疯狂地在头脑中盘旋。也许他也想你，但不像你那样不可救药，更不打算重续前缘。在认清这一现实前，最好不要去还他罐头起子，或给他带一块桌布。他不缺桌布，起子还可以重新买，价钱不贵。万一你看见什么不该看见的，你会打他一个耳光，而这只能让你更痛不欲生。

"但如果我又回头了怎么样？"如果这样的话，就像牧牛女骑到马背上一样，站错了位置，找不着北了。是啊，你没犯法，没踢小狗，但是你选择了自我伤害，让自己重入深渊。

戒律七：除非你是 Number One 否则没用了

你是我珍视的奖品，是太阳，是月亮，是星星。你不是他或者其他人，你是你自己。你能爱你的朋

友，你能爱你的家人，你甚至能爱无家可归的小狗或是因为迷路来到你家小道上的旅行商人。然而，在你找到财富、爱情和你正在寻找的最后恋情前，你必须学会怎样去爱自己，喜欢自己，将自己摆在第一位。将自己摆在第一位，意味着当别人不能照顾你的时候，你可以照顾好自己。

你将和另一个人开始下一段恋爱关系，这个人和你一样善良，都希望能给对方带来最好的东西。如果你不是那个世界上顶级的女人，也许真不能挽回从前了。但是没关系，还有人不买辛迪·克劳馥的账呢。名媛明星和大家一视同仁，你不需要是每个人的Number One，你只要是自己的，还有他的。当然，他可能就在下个拐角处，也可能是下一站你要遇见的人。你们是彼此的太阳、星星，是庸俗生活里照亮前程的灯盏，相互守候，直到终老。

后　记

别傻乐呀，善良、痴情可不见得能打动花花公子的花花心肠。否则，他早就大变身了，也轮不到你来改造他。

别一根筋呀，你真不见得就是那家伙梦中惟一的人，说不定只是一个多嘴、懒散、麻烦的差女人。否则，也不会赖着他这棵歪脖儿树了。

搞清楚谁是谁的良人，谁是谁的鸽子，免得在爱情中燃烧一场只落个两手空空、两败俱伤。也许你们真的不合适，不是那么"天生一对地造一双"，放手吧，放爱一条生路。难道你想眼看着鸽子变猛禽，良人变杀手？不，那一定是你这辈子最霾的霾梦。算了吧，甩啦，甩啦，甩了他。"下得山来，方见月明。"找自己的幸福去吧。

图书在版编目（CIP）数据

甩啦，甩啦，甩了他/（美）贝伦特著；葛江译. —长春：吉林文史
出版社，2007.6

书名原文：IT'S CALLED A BREAKUP BECAUSE IT'S BROKEN

ISBN 978 – 7 – 80702 – 551 – 1

I. 甩… II. ① 贝… ② 葛… III. 恋爱–通俗读物 IV. C913.1–49

中国版本图书馆CIP数据核字（2007）第077764号

IT'S CALLED A BREAKUP BECAUSE IT'S BROKEN：THE SMART GIRL'S
BREAK–UP BUDDY BY GREG BEHRENDT AND AMIIRA RUOTOLA–BEHRENDT

Copyright: © 2005 BY GREG BEHRENDT AND AMIIRA RUOTOLA–BEHRENDT

This edition arranged with THE MARSH AGENCY LTD

through BIG APPLE TUTTLE–MORI AGENCY, LABUAN, MALAYSIA.

Simplified Chinese edition copyright: 2007 JILIN LITERATURE & HISTORY
PUBLISHING HOUSE

All rights reserved.

中文简体字版权专有权属吉林文史出版社所有

吉林省版权局著作权登记

图字：07—2007—1670号

甩啦，甩啦，甩了他

IT'S CALLED A BREAKUP BECAUSE IT'S BROKEN

作　　者：	葛瑞哥·贝伦特　阿蜜拉·茹欧托拉·贝伦特
译　　者：	葛　江
责任编辑：	邱　荷
责任校对：	邱　荷
内文插图：	寒　空
封面设计：	门乃婷工作室
出　　版：	吉林文史出版社（长春市人民大街4646号　邮编：130021）
印　　刷：	北京鑫丰华彩印有限公司
开　　本：	889×1194毫米　32开
字　　数：	90千字
印　　张：	5.75
版　　次：	2007年9月第1版
印　　次：	2007年9月第1次印刷
书　　号：	ISBN 978 – 7 – 80702 – 551 – 1
定　　价：	20.00元